● 丛书主编 庆振轩

故事里的文学经典

宋文

雷恩海 王廷鹏 著

兰州大学出版社

图书在版编目（CIP）数据

故事里的文学经典．宋文／雷恩海，王廷鹏著．—兰州：兰州大学出版社，2013.9

ISBN 978-7-311-04257-8

Ⅰ．①故… Ⅱ．①雷… ②王… Ⅲ．①古典散文—文学欣赏—中国—宋代 Ⅳ．①I206.2

中国版本图书馆 CIP 数据核字（2013）第 220440 号

策划编辑	张 仁	
责任编辑	张 仁	王淑燕
装帧设计	张友乾	

书　　名	**故事里的文学经典·宋文**
作　　者	雷恩海　王廷鹏　著
出版发行	兰州大学出版社　（地址：兰州市天水南路 222 号　730000）
电　　话	0931－8912613（总编办公室）　0931－8617156（营销中心） 0931－8914298（读者服务部）
网　　址	http://www.onbook.com.cn
电子信箱	press@lzu.edu.cn
印　　刷	白银兴银贵印务有限公司
开　　本	710 mm×1020 mm　1/16
印　　张	10.5
字　　数	167 千
版　　次	2013 年 9 月第 1 版
印　　次	2014 年 4 月第 2 次印刷
书　　号	ISBN 978-7-311-04257-8
定　　价	21.00 元

（图书若有破损、缺页、掉页可随时与本社联系）

学海无涯乐作舟

——"故事里的文学经典"系列序言

北宋文坛领袖欧阳修曾说：

> 立身以求学为先，求学以读书为要。

欧阳修是一位政治家、思想家、改革家，也是一位教育家，他认为人生如果要有一番作为，就要努力求学读书。千余年过去，时至今日，立志向学，勤奋读书，教育强国，已经形成社会共识。然而读什么书，如何读书，依然是许多人困惑和思考的问题。

人们常说"开卷有益"，又说"好书不厌百回读"，所谓的好书、有益的书，应该指的是经典作家的经典作品。何谓经典？瑞士作家赫尔曼·黑塞在《获得教养的途径》中认为，经典作品是"我正在重读"，而不是"我正在读"的书。人文学科都有各自的经典作家和经典作品，诸如"哲学经典"、"史学经典"、"文学经典"等等。范仲淹曾经说过："劝学之要，莫尚宗经。宗经则道大，道大则才大，才大则功大。"(《上时相议制举书》)儒家把《诗经》、《尚书》、《仪礼》、《乐经》、《周易》、《春秋》尊为"六经"，文人学士研修经典的目的是为了经世致用，"六经之旨不同，而其道同归于用"。"故深于《易》者长于变，深于《书》者长于治，深于《诗》者长于风，深于《春秋》者长于断，深于《礼》者长于制，深于《乐》者长于性。"(陈舜俞《说用》)范仲淹与其再传弟子陈舜俞都是从造就经邦济世的通才、大才的角度论述儒家经典的。但古人研读经典，由于身份不同、目的不同，取径也不尽相同。郭绍虞在《中国文学批评史》中指出："古文家、道学家和政治家一样的宗经，但是古文家于经中求其文，道学家于经中求其道，而政治家则于经中求其用。"

就文学经典而言，文学经典指的是具有深厚的人文意蕴和永恒的艺术价值，为一代又一代读者反复阅读、欣赏、接受和传承，能够体现民族审美风尚和美学精神，具有广阔的阐释空间和当代存在性，能不断与读者对话，并带来新的

宋文·宋文

发展,让读者在静观默想中充分体现主体价值的典范性权威性文学作品。"经也者,恒久之至道,不刊之鸿论。"(刘勰《文心雕龙·宗经》)

由于经典之作要经历时间和读者的检验,所以经典作家、经典作品经典化的过程会给我们一些有益的启示:读者和作家一起赋予了经典文学的经典含义。即就宋词而言,词体始于隋末唐初,发展于晚唐五代,极盛于两宋。但在宋代,词乃小道,不登大雅之堂,终宋一代,宋词从未取得与诗文同等的地位。欧阳修在《归田录》中曾记载:

> 钱思公(惟演)虽生长富贵,而少所嗜好。在西洛时,尝语僚属言:平生唯好读书,坐则读经史,卧则读小说,上厕则读小词。盖未尝顷刻释卷也。

虽然欧阳修之意在赞扬钱惟演好读书,但言及词则曰"小词",且小词乃上厕所所读,则其地位可知。即就宋代词坛之大家如苏轼,在被贬黄州时,为避谤避祸,开始大量作词;辛弃疾于痛戒作诗之时从未中断写词的事实,也可略知其中信息。直至后世的读者研究者,越来越感知和发现了词体的独特的魅力——"词之为体,要眇宜修,能言诗之所不能言,而不能尽言诗之所能言。诗之境阔,词之言长"(王国维《人间词话》),才把词坛之苏辛,视如诗坛之李杜,赋予了宋词与唐诗相提并论的地位。

其他文体中如元杂剧之《西厢记》、章回小说之《水浒传》,也曾被封建卫道士视为"诲盗诲淫"之洪水猛兽而遭到禁毁,但名著本身的价值、读者的喜爱和历史的检验,奠定了它们经典之作的地位。

在一些经典作品经典化的过程中,读者甚至参与了经典作品的创作。李白的《静夜思》就是一个典型的个例。从文献学的角度看,宋代刊行的《李太白文集》、《李翰林集》中《静夜思》的原貌为:

> 床前看月光,疑是地上霜。
> 举头望山月,低头思故乡。

当代著名学者瞿蜕园、朱金城、安旗、詹瑛所撰编年校注、汇释集评本《李太白集》也全依宋本。但从明代开始,一些唐诗的编选者(读者)开始改变了《静夜思》的字句，形成了流行今日的李白的《静夜思》：

> 床前明月光，疑是地上霜。
> 举头望明月，低头思故乡。

　　所以，经过了历史长河的淘洗和历代无数读者检验而存留至今的中华文明宝库中的经典文学作品，是中华民族精神智慧的结晶。那么，在大力弘扬与传承优秀传统文化的今天，我们应该怎样学习阅读自《诗经》、《楚辞》以来的文学经典？古人的一些经典之作和经典性论述可以为我们借鉴。

> 横看成岭侧成峰，远近高低各不同。
> 不识庐山真面目，只缘身在此山中。

　　这是苏轼在元丰七年四月，自九江往游庐山，在山中游赏十余日之后所写的《题西林壁》诗。一生好为名山游的苏轼，在畅游庐山的过程中，庐山奇秀幽美的胜景，让诗人应接不暇。苏轼于游赏中惊叹、错愕，领略了前所未有的超出想象的陌生的美感。初入庐山，庐山突兀高傲，"青山若无素，偃蹇不相亲。要识庐山面，他年是故人。"移步换景，处处仙境，诗人喜出望外，"自昔忆清赏，初将杳霭间。如今不是梦，真个在庐山！"庐山幽胜美不胜收，于是诗人在《题西林壁》这首由游山而感悟人生的诗作中，寄寓了发人深思的理趣。苏轼之后，人们从不同的角度解读诗作给予人们的启悟。王国维《人间词话》中说：

宋
文
·
宋
文

> 诗人对于宇宙人生，须入乎其内，又须出乎其外。入乎其内，故能
> 写之；出乎其外，故能观之。入乎其内，故有生气；出乎其外，故有高致。

　　而苏轼的《题西林壁》正是诗人对于人生对于庐山既入乎其内，又出乎其外的带有特有的东坡印记的智慧之作。古往今来，向往庐山，畅游庐山的游人难以数计，而神奇的庐山给予游人的感触各有不同，何以如此呢？因为万千游客，虽同游庐山，但经历不同，观赏角度有别，学识高下不一，游赏目的异趣，他们都领略的是各自心目中的庐山，诚所谓"横看成岭侧成峰，远近高低各不同"。也正如钱钟书《谈艺录》中所说："盖任何景物，横侧看皆五光十色；任何情怀，反复说皆千头万绪。非笔墨所易详尽。"所以,换个角度看世界,世界会更加丰富多彩;换个角度看人生,现实人生就会更具魅力;换个角度读经典,你会拥有你自己的经典,经典会更加经典。

千江有水千江月,千江水月各不同。古今中外的许多经典作家正是以独特的眼光观察大千世界,以独到的思维角度思考人生,以生花妙笔写人叙事,绘景抒情,继往开来,推陈出新,创造出一部部永恒的经典。"不畏浮云遮望眼,只缘身在最高层。"经典之所以为经典,其要因之一就是经典作家能够站在时代的制高点上,眼光独到,视点独特,思想深邃,能发前人之所未发。即以被称为"拗相公"的王安石为例,作为勇于改革的政治家,思想深刻的思想家,他的诗、文、词创作都具有鲜明的个性特色。四川大学中文系古典文学教研室选注的《宋文选·前言》中说:

> 王安石的文章大都是表现他的思想见解,为变法的政治斗争服务的,思想进步故识见高超,态度坚决故议论决断。其总的特色是在曲折畅达中气雄词峻。议论文字,无论长篇短说,都结构谨严,析理透辟,概括性强,准确处斩钉截铁,不可移易。

这一段话是评价王安石散文风格的,用来概括他的诗词特色也颇为恰切。王安石由于个性独特,识见高超,所以喜欢做翻案文章。他的这一类作品不是为翻案而翻案,而是确有独到深刻的见解,其《读史》、《商鞅》、《贾生》、《乌江亭》、《明妃曲》均是如此。即以其《贾生》而言,司马迁《史记》有《屈原贾生列传》,对贾谊的同情叹惋之意已在其中。李商隐因自己人生失意,对贾谊抑郁失意更为关注,其《贾生》诗曰:

> 宣室求贤访逐臣,贾生才调更无伦。
> 可怜夜半虚前席,不问苍生问鬼神。

这首咏史诗在切入点的选取上颇为独到,在对贾谊遭际的咏叹抒写之中,蕴含着深沉的政治感慨和人生伤叹,而这种感慨自伤情怀颇能引起后世怀才不遇之士的情感共鸣,给予了高度评价。但王安石评价历史人物的着眼点则跳出了个人人生君臣遇合的得失,立足于是否有用于世有助于时的角度,表达了独特的"遇与不遇"的人生价值观。遇与不遇，不在于官场职位的高低，而在于胸怀谋略是否得以实行，是否于国于民有益：

> 一时谋议略施行，谁道君王薄贾生。
> 爵位自高言尽废，古来何啻万公卿。

以人况己，以古喻今，振聋发聩，这样的诗作才当得上"绝大议论，得未曾有"的美誉。无论是回首历史，还是关注现实，抑或是感受人生，往往因作者的视角不同，立场观念有别，而感发不一，所写诗文，各呈异彩。

但是我们在阅读体验中还发现了一些很有趣的现象：读者有时所欣赏的并不是作者的得意之作，而有时候作者所自珍的，读者却有微词。欧阳修《六一诗话》有这样一段文字：

> 晏元献公文章擅天下，尤善为诗，而多称引后进，一时名士往往出其门。圣俞平生所作诗多矣，然公独爱其两联，云"寒鱼犹著底，白鹭已飞前"，又"絮暖鲭鱼繁，露添莼菜紫"。余尝于圣俞家见公自书手简，再三称赏此二联。余疑而问之，圣俞曰："此非我之极致，岂公偶自得意于其间乎？"乃知自古文士不独知己难得，而知人亦难也。

宋文·宋文

欧阳修这种阅读体验不止一端，刘攽《中山诗话》记载：永叔云："知圣俞者莫如某，然圣俞平生所自负者，皆某所不好。圣俞所卑下者，皆某所称赏。"于是也感慨知心赏音之难。

正因为知心赏音之难，所以古人强调阅读欣赏应该知人论世。于是了解探究历史，就有"纪事本末"类的系列著述。阅读欣赏诗词，即有《本事诗》、《本事词》、《词林纪事》、《唐诗纪事》、《宋诗纪事》、《明诗纪事》、《清诗纪事》等著作；阅读唐宋散文，也有《全唐文纪事》、《宋文纪事》之类的著述。对于读者而言，这些著述有助于我们由事知史，由事知人，进而由事知诗，由事知词，由事知文；或者说有助于我们加深对相关诗、词、文的深入了解。正是从这个视点出发，出于弘扬传统文化，建设社会主义精神文明的责任感与使命感，兰州大学出版社策划出版"故事里的文学经典"、"故事里的史学经典"、"故事里的哲学经典"（统称为"换个角度读经典"）系列丛书，同样出于历史使命感，我们愉快地接受了"故事里的文学经典"系列的撰写工作，首批包括《故事里的文学经典之唐五代词》、《故事里的文学经典之唐文》、《故事里的文学经典之宋文》、《故事里的文学经典之北宋诗》、《故事里的文学经典之南宋诗》、《故事里的文学经典之元曲》、《故事里的文学经典之唐诗》、《故事里的文学经典之宋词》。

当凝聚着丛书的策划者和撰著者共同心血的著述即将付梓之际，我们为和兰州大学出版社这次愉快的合作感到由衷的高兴，因为共同的弘扬优秀传统文化的目标，出好书就成为我们共同的意愿，所以撰写以至出版的一些具体问题，就很容易通过沟通达成一致。参与丛书撰写的同仁均长期从事中国古典文学的教学科研工作，怎样让经典文学作品走出大学的讲堂，走向社会，走向千家万户，是我们长期思考的问题；而由学者在一定研究基础上撰写的，面向更为广大的读者群的融学术性的严谨和能给予读者阅读的知识性、愉悦性则是出版社策划者的初衷。合作的愉快也为我们下一步自汉魏至明清诗、词、文部分的写作奠定了良好的基础。

由"本事"或者说由"故事"入手诠解阅读文学经典是我们的共识。

那些与诗、词、文密切相关的"本事"，在古典文学名篇佳作的赏鉴研读中，主要是指与相关作品的创作、传播以及作家的生平遭际有关的"故事"，抑或是趣事逸闻，其本身就是最通俗、最形象吸引读者的"文学评论"，许多流誉后世的名篇佳作，几乎都伴随有引人入胜的"故事"或传说。这些故事或发生于作家写作之前，是为触发其写作的契机，所谓"感于哀乐，缘事而发"；或是出于一种自觉的责任感使命感，"文章合为时而著，歌诗合为事而作"。而有些诗文本身就在讲故事，史传文学本身就与后世小说特别是传奇小说有千丝万缕的联系，所以唐宋散文中的一些纪传体散文名篇诸如《张中丞传后叙》、《段太尉逸事状》、《杨烈妇传》、《唐河店妪传》、《姚平仲小传》等颇具小说笔法。即如范仲淹之《岳阳楼记》，王庭震《古文集成》中也记述说：

> 《后山诗话》云："文正为《岳阳楼记》，用对语说时景，世以为奇。尹师鲁读之，曰：'传奇'体耳！"《传奇》，唐裴铏所著小说也。

有些诗歌也是感人的叙事诗，在很多读者那里了解的苏小妹的故事，只是民间的传说，得之于话本小说《苏小妹三难新郎》、近年新编的影视作品《鹊桥仙》等。人们出于良好的心理愿望，去观看欣赏苏小妹和秦观的所谓爱情佳话，让聪明贤惠的苏小妹和苏轼最得意的门生秦观在虚构的小说、戏曲、影视作品中成就美好姻缘，而不去考虑受虐病逝于皇祐四年（1052）的苏洵最小的女儿、苏轼的姐姐八娘，和出生在皇祐元年（1049）的秦观结为秦晋之好是根本不可能的！而苏洵的《自尤》诗即以泣血之情记述了爱女所嫁非人，被虐致死的锥心之痛。但长期以来，由于资料的散佚，一些研究苏轼的专家对此亦语焉不详，台湾学者李一冰所著《苏东坡新传》即曰：

> 苏洵痛失爱女，怨愤不平，作《自尤诗》以哀其女（今已不传）。

我们依据曾枣庄先生《嘉祐集笺注》收录了《自尤》诗并叙，并未多加诠释，因为诗作本身就为我们含悲带愤地讲述了一个凄惨的八娘的短暂的一生的悲剧故事。苏小妹不是一个传说！

当然，也有一些故事发生在诗作传播之后，如《舆地广记》和《艇斋诗话》都记载，苏轼"为报先生春睡美，道人轻打五更钟"传到京城，章惇认为东坡生活快活安稳，于是又把诗人贬到海南。但是不论诗人是直书其事，还是借史言事，是因事论事，还是即事兴感，与诗作相关与诗人遭际相关的故事，都有助于我们对经典诗文在知人论世的基础上去读解诠释。

在"换个角度读经典"系列丛书之"故事里的文学经典"（第一批）将要出版发行之际，我们对兰州大学出版社的张仁先生、张映春女士为之付出的大量心血和兢兢业业一丝不苟的敬业精神表示由衷的感佩；对兰州大学文学院党政领导班子，特别是张炳成同志对于丛书的写作出版自始至终的关注支持深表感谢。同时，由于切入角度不同，对于相关诗、词、曲、文名篇的诠解也仅是我们的一得之见，所以我们热望广大读者多提宝贵意见，书山有路勤为径，学海无涯乐作舟，愿读者诸君和我们一起愉快阅读经典的同时，换个角度，读出我们各自心目当中的经典。

庆振轩

二〇一三年八月于兰州

前　言

时逢"文学的自觉时代"，曹丕在《典论·论文》中论述文章的价值时，鲜明地提出：

盖文章，经国之大业，不朽之盛事。

并且感慨于人的生命有限，富贵荣乐及身而止，唯有文章可以流芳百世，亦足以使人之声名传之久远。作家是伟大的，既不需要倚凭历史学家之记载，也不需要依附于达官贵人之权势，而是凭借着自己的聪明智慧、不懈努力，辛勤创作，获得千载声誉："是以古之作者，寄声于翰墨，见意于篇籍，不假良史之辞，不托飞驰之势，而声名自传于后。"因而，有志之士，皆爱惜光阴，珍惜时间，惧怕时间之白白流逝而一事无成。可惜，人们往往不能辛勤努力，奋发向上，贫贱时为饥寒所困扰，富贵时为逸乐所荒殆，致使时间流逝，光阴虚度，至死而不悟，岂非志士仁人之大痛哉！

南朝齐梁时期的著名文学理论家刘勰也认识到了这一点，《文心雕龙·序志》篇指出：人有智慧，乃广袤绵邈的宇宙间最出类拔萃者——"肖貌天地，禀性五才，拟耳目于日月，方声气乎风雷，其超出万物，亦已灵矣"；可惜人的生命又是脆弱的、很有限的——"岁月飘忽，性灵不居"，唯有文章，可以使人之思想、事业传之久远，因而君子处世，很重视"树德建言"——树立道德之高标，且以文章而流芳百世，促进社会之发展、文明之兴盛。

文章是人之生命的外在表现，又能够记载人生、社会事件，表现丰富多样的情态，便于交流思想、传播文化，促进人类文明的发展、兴盛。文章的作用很伟大，按照刘勰的说法：

宋文·宋文

五礼资之以成，六典因之致用，君臣所以炳焕，军国所以昭明。

即：礼乐文化凭借文章而成就；国家的典章制度，亦需倚凭文章方能发挥其应有的作用；君臣之间、上下级之间，皆需文章以沟通、且成就其斐然文采；军国大事，亦需文章使之明白昭著。显然，刘勰是从大处来探讨文章的功用的。当然，文章也可以写人的情感、思想、生命体验，也可以记述所经历的事件、游历踪迹、朋友交往等等。可以说，人类生活的一切，精神、物质两大层面上的所有活动，皆可以为文章所记载，且传播后世。

文之起源甚早，和诗是最早出现的文体，几乎不分先后。从理论上讲，应该是先有易于记诵的诗，其次有散行的文，不过，在文字兴起之后，诗与文应该是同时兴起的文体。甲骨文出现的诸多卜辞，既象诗，又象文，或者说是诗文未分的混沌状态。从字源上讲，"文"之意义是极其丰富的：文，错画也，交错的图画，即文采，文章；言乃生民之音，即人口头所发出的自然语言。可见，言与文是不同的，文与言是语言的两种存在方式——言为口头语，文为书面语。扬雄《法言·问神》说："言，心声也；书，心画也。"心声形于言，心画形于文，方可表达思想。刘熙《释名》说："文者，会集众彩以成锦绣，会集众字以成辞义，如文绣然。"梁元帝萧绎《金楼子》说："文者，惟须绮縠纷披，宫徵靡曼。"也就是说，文章需要精心结撰，美观而有韵致，有足以动人的情采，才能达到文章所欲发挥的力量。因此，鲁迅在《汉文学史纲要》中说："凡所谓文，必相错综，错而不乱，亦近丽尔之象。"

诗文既分之后，文又有骈散之别。骈文，又称骈俪文（骈、俪，皆指偶对），是在中国古代诗歌、辞赋以及民间谣谚所惯用的一种修辞手法——排比、对偶的基础上，经过文人的加工创造而形成的一种新文体。东汉以后的建安时代，兴起骈体文，重视对偶、抒情，注意辞彩的华丽；至魏晋南北朝，骈文形式之精密，辞采之华丽，用典之繁密工切，声律之谐畅，踵事增华，日益发展。

骈文的正式命名，大约在唐代以后，清代始盛。盛行于六朝之时，并未有骈文之名称，梁简文帝称之为"今文""今体"，以与传统的秦汉以来的散体文相区别。至唐代，柳宗元《乞巧文》说：

骈四俪六，锦心秀口。

指骈文之用典工丽,对偶精巧,就其句式而言,一般为四字句、六字句相对偶,遂有骈俪、骈体之称,而至宋代,则一般称骈文为"四六文",直接标明其句式特点了。骈文之文体形成于六朝,但是骈俪之句式则早在先秦典籍中已经存在。骈散乃自然而生,未有优劣之别,清代包世臣在《艺舟双楫·文谱》中说:

> 讨论体势,奇偶为先,凝重多出于偶,流美多出于奇,虽骈必有奇以振其气,虽散必有偶以植其骨,仪厥错综,致为微妙。

骈散相间,既有文气之流畅自然,也有文体之凝重,不可偏废。

古代文章,从对偶与声韵来说,分为骈文、散文两大类。就文体而言,类别甚多。曹丕提出"奏议宜雅,书论宜理,铭诔尚实,诗赋欲丽"之四科八体,其中七体为文。陆机《文赋》提出:"诗缘情而绮靡,赋体物而浏亮,碑披文以相质,诔缠绵而凄怆,铭博约而温润,箴顿挫而清壮,颂优游以彬蔚,论精微而朗畅,奏平彻以闲雅,说炜晔而谲狂。"十种文体,其中九种属于文。萧统《文选》诗文兼收,共分三十九类,除诗外,其余三十八类皆属文。《文心雕龙》论列各体文章,仅篇名所列文体即达三十四种,除《明诗》《乐府》两篇而外,皆为文;而所论述的文体达八十二种之多。宋初编纂《文苑英华》,收南朝梁至唐代的诗文,分为三十八类,除诗、词外,其他亦属于文。具体而言,各类文体大概有:

> 赋、颂、赞、祝、盟、铭、箴、诔、碑、哀、吊、传、论、说、诏、策、檄、移、制、诰、册、誓、令、教、章、表、启、议、问、对、书、记、笺、奏、疏、符、状、简、约、原、辨、解、释、序、引、判、露布、批答、封禅、题跋、连珠、杂文、谐谑,等等。

文章之作用如此巨大,范围又如此广泛,那么,如何阅读文章呢?

写作文章,是要将作者的认识、思想、情感、体验,按照一定的逻辑顺序表述出来,阐明其宗旨;同时为了能够比较准确、深切地表述,且易于读者之阅读了解,则需要以一定的艺术手法,精心结撰、镕铸剪裁、遣言造语,使之首尾圆合,条贯统序——保持思理的周密与通贯。而阅读文章,其实是一个"披文以入情"的过程,通过阅读文辞来理解作者的思想与情感;同时也是一个借助于他人的思维逻辑、思维方式而训练、培养自身思维的过程,从而养成分析问题、解决问题的能力。因此首先需要掌握基本的文章体制规范，其次则要有比较强的语言文字穿透能力，了解文字的内在意旨所在。刘勰在《文心雕龙·知音》提出了"六观"之说：

> 是以将阅文情，先标六观：一观位体，二观置辞，三观通变，四观奇正，五观事义，六观宫商。

即阅读文章，要从六个方面考察：一要看文章通篇之体制安排，是否符合基本的文体规范；二要看辞采的运用；三要看对前人作品的继承和创新；四要看作品风貌是奇是正，即作品风貌是沿袭传统还是有新变出奇；五要看文章的内容、成语和事类的运用；六要看文章语言的声韵是否谐畅自然。如果能够从这六个方面全面考察，那么文章的优劣也就显露出来了。因为作家创作文章之时，内心感情有所激动然后发而为文辞，而文章的读者则须由阅读文辞，进而了解作者的情志、思想。因此，沿着外在的形式风貌而探究内在的情志，即使是幽深的思想内容也一定能够显露出来。

汉语言有其独特性，文字乃形音义之集合体，一方面能够形成骈俪之偶对之美，另一方面，文章则有形文、声文、情文之美。

所谓形文，指语言文字的褒贬、情感色彩，也包括语句中字形的繁简之相间、同一偏旁字的避免过多重复，使之错落有致，间隔有度。在《文心雕龙·练字》中，刘勰提出了一条原则：

> 是以缀字属篇，必须练择：一避诡异，二省联边，三权重出，四调单复。

诡异，指字体奇特怪异，如曹摅诗："岂不愿斯游，褊心恶呦哝。"呦哝，读xiōng náo，即喧哗。诗的意思是说难道是不愿意参加此次游玩吗？只是我狭小的内心讨厌那喧闹声。用"呦哝"两个怪异的字，就妨碍了对诗句的理解。更有甚者，用了许多怪异偏僻字，使人无法读解。联边，是指偏旁相同的字连用。如果实在不能避免，则最多联边字用三个。重出，就是同一个字重复出现，这样便于语言的谐畅自然，如果两个字都是必要的，则宁可重复。单复，就是字形笔画的多和少。笔画少的字组成句子，就显得稀疏而字行不美观；笔画多的字堆积成文，则显得暗淡而全篇无光。善于斟酌用字的,交错搭配笔画简单和复杂的字,就能够做到错落有致、连贯如珠了。这四条原则,不一定每篇都有,但作为写作应该掌握的基本要求,是应该注意的,这样则易于形成语言文字的错落有致,易于获得审美的享受。

声文是指文字的声韵谐畅。文章的声律,乃本于人的语言声音有高下疾徐之不同,自然而然形成。因此可知,乐器是模仿人的发声,并非人的发声在仿效乐器的发音;而语言是文章表达情志的关键,发出声音合乎音律,靠的只是唇吻而已。文章声律应该注意四声(平上去入)之交替和谐,如果声律不协调,读起来不顺口,就好似作者患有口吃的毛病。刘勰提出了一个声律和谐的原则:"异音相从谓之和,同声相应谓之韵。"即不同声调需要相互配合交替,同韵字则需要在不同的句尾相呼应,这样就能够使得声韵和谐流畅、朗朗上口。韩愈所提出的"气盛,则言之短长与声之高下者皆宜",就是指受内在情感的激荡,文章之语言文字的声律与人的内在情感相呼应,而有自然谐畅之美。

情文,乃指人的喜、怒、爱、恶、惧的情感表达。其实,形文、声文乃是为表现情文而服务的;另一方面,对情文之体味周到深切,也能更好地表现形文和声文。形文、声文实际上即体现了文采的主要特征,用来修饰语言;而语言的巧妙华丽实乃源于真实的情性,因而形文、声文皆在于有力地表现情志内容(情文)。刘勰说:

> 写气图貌,既随物以宛转;属采附声,亦与心而徘徊。

就是说,描摹物象,状写气韵,与外物本身相符合,而遣辞造语,注意于形文(辞语的感情色彩)和声文(语言的声律),也要与内心的情志表达(情文)相协调。可见,形文、声文、情文确实能够体现汉语言之美。

诚然,文章是人类社会生活不可或缺的,有交流思想、传播文明的伟大作用——"经国之大业,不朽之盛事",又有怡情悦性、陶冶情操的功能;而中国古代文之起源甚早,文体多样,又有骈文、散文之分。因此,熟悉各类文体的基本特征,从汉语言之形文、声文、情文的特性入手,以"六观"为准则,披文以入情,以良好的语言文字修养,很好地理解文章之情志、思想以及文学之美,进而学习文章的写作,提高文字表达能力。

五代末期，后周殿前都点检赵匡胤发动"陈桥兵变"，建立宋朝，结束五代割据、战乱频仍的混乱局面，统一了全国。宋朝虽然"积贫积弱"，不及汉唐富强，但政权统一，文化兴盛。宋王朝扩大科举考试的录取限制，选拔人才，培养人才，又广开言路，建隆三年（962），宋太祖赵匡胤立"戒碑"，特别强调"不得杀士大夫及上书言事人"，并且告诫后代，"子孙有渝此誓者，天必殛之"（《宋稗类抄》卷一）。这样，在比较宽松的政治环境中，士大夫文人关心国事，参政议政，蔚然成风，对宋代文章的影响巨大而深远，遂使宋代成为中国散文发展的又一重要阶段。

宋初文章，沿袭晚唐五代虚浮华丽的骈体文余习，以昭明太子萧统所编《文选》为教本，学习揣摩，注重对偶、声律，秾辞丽藻，有"《文选》烂，秀才半"之谚语。而柳开首先倡导学习韩愈、柳宗元文章，主张以道为本，文以致用，反对浮靡，但又以文为末，比较轻视文章的艺术性。柳开的倡导虽有批判不良文风的积极作用，但因其自身的理论局限和创作实绩，尚不足以振起一代。其后，出身寒微的王禹偁能够深切关注社会现实，形成进步的文学思想，主张文章应该"传道明心"，取法韩、柳，学习其"文从字顺"，平易浅近的文风。而杨亿、刘筠、钱惟演等台阁文士追求雕章丽句的诗文，编成唱和诗集《西昆酬唱集》，与诗风一致的骈文亦称"西昆体"。"西昆体"风行文坛三十余年，几乎淹没了柳开、王禹偁的散文新文风。

开启宋文新变者乃欧阳修。范仲淹是朝政改革的中心人物，要求兴复古道，改革弊政，"以救斯文之薄而厚其风化"，促进教化风俗的敦厚淳朴。而欧阳修在政治思想上与范仲淹一致，他在文学上掀起古文运动，"以通经学古为高，以救时行道为贤，以犯颜纳说为忠"（苏轼《居士集序》），培养人才，促进诗文革新和政治改革。欧阳修认为，所谓"道"，就是日常生活百事，引导士人关心现实民生，主张文以明道——文学是关系日常生活、社稷民生的，将"道"与现实的社会生活相联系；并且认为道能充实文，但道并不能代替文；而且，欧阳修在提倡学习韩、柳散文的同时，也并不排斥骈文，积极汲取骈文叙述委婉曲折、精切详尽、语言精美、声韵和谐的优点，创造出一种新的文风。苏洵评论欧阳修文章：

> 执事之文，纡徐委备，往复百折，而条达疏畅，无所间断；气尽语极，急言竭论，而容与闲易，无艰难劳苦之态。

欧阳修能够将叙事、抒情、议论融为一体，曲折委婉的叙述与容与娴雅的态度自然结合,旺盛的气势和平易淡雅的文字相融合,文章极富逻辑力量,结构严谨,情韵跌宕,极富艺术感染力。欧阳修与其同道苏舜钦、苏舜元、梅尧臣、尹洙、尹源等致力于古文运动,而且亲自选拔并培养了曾巩、王安石、苏洵、苏轼、苏辙等一大批人才,从而开创了散文创作的新风气,推动了宋代散文的繁荣。

苏轼乃继承欧阳修之后的文坛领袖,扩张古文运动的成果,使之日益深入人心。苏轼继续批判浮艳、艰涩两种不良文风,主张应该学道以通万物之理,达到了然于心、成竹在胸——对事物有深切详尽的认识,然后通过语言文辞,将胸中之物象、事理全然表达出来,从而写成文章。因此,苏轼提倡"辞达",他说:

> 物固有是理,患不知之。知之,患不能达之于口与手。辞者,达是而已矣。

事实上,苏轼文章将文学性、实用性、通俗性融为一体,直抒胸臆,真率自然:

> 吾文如万斛泉源,不择地而出,于平地滔滔汩汩,虽一日千里无难。及其与山石曲折,随物赋形,而不可知也;所可知者,常行于所当行,常止于不可不止,如是而已矣。(《文说》)

苏轼的文章,达到了宋代文章的最高成就。苏洵文章,有战国纵横家纵横捭阖、雄奇劲健之风;而苏辙文章,"汪洋澹泊,有一唱三叹之声,而其秀杰之气终不可没",亦能独树一帜。苏轼还培养了黄庭坚、秦观、张耒、晁补之、陈师道、李廌,号称"苏门六君子",文学成就虽不皆在散文,但其散文创作亦颇可注意,有力地推动了北宋后期的散文创作。

"靖康之难"致使北宋覆亡,宋高宗赵构建立的小朝廷偏安杭州,拥有江南半壁江山,史称南宋。南北宋之交,面临国家危亡,宗泽、李纲、岳飞、虞允文等奋战于抗金第一线的人物,创作出充满爱国激情的散文。此后,胡铨、陆游、辛弃疾、陈亮、叶适等,皆能追随北宋范仲淹、欧阳修、苏轼诸大家的散文创作,形成代表新时代特色的激昂慷慨之文,悲慨激越、情感真挚,笔势浩荡,论事析理,切中肯綮,感发人意。

道学是宋代的主要哲学。道学家论文,不同于文学家。北宋与欧阳修同时的周敦颐提倡"文以载道",重道轻文,但并未排斥文。而与苏轼同时的程颐、程颢则提出"作文害道"之说,否定文学而走向了极端。南宋与陈亮同时的朱熹,发挥二程之说,提出"文是文,道是道",认为文不能载道,批评韩愈、欧阳修、苏轼,认为散文和骈文,甚至于文学创作,皆妨碍了对性理之道的研求。道学家的"道",偏重于玄虚的性理思辨,他们所提出的道与文的关系,其实是一个艺术难题,如果将思想、认识通过一定的艺术形式表现出来,容易使人们理解、接受,需要认真研究探讨。而道学家为研求性理之道,而认为学文、作文妨碍求道,进而否定文学,显然是不可取的。艺术修养良好的道学家,还是写出了许多有内容、有情致的作品,如周敦颐、朱熹、陆九渊的诸多文章,皆有可取之处。而受道学家文论思想的影响,朱熹后学真德秀遂编选《文章正宗》,以明义理,切实用为主,否定了文学的艺术性,空谈心性,质木不文,影响不广。

南宋亡国前后,文天祥、陆秀夫、谢翱、谢枋得、王炎午、郑思肖、林景熙、邓牧等人,奔走呼号,积极抗争,激昂悲慨的爱国主义精神映射于文学,诚挚深厚,形成了宋代散文最后的光彩。此外,宋代笔记文比较兴盛,不受拘束,挥洒自如,形象生动,议论简洁,有很强的表现力。如陆游《老学庵笔记》、范成大笔记文、洪迈《容斋随笔》、孟元老《东京梦华录》、吴自牧《梦粱录》、周密《武林旧事》、罗大经《鹤林玉露》等,内容丰富,文笔流畅,寥寥数语,无论叙事、说理,大多能形神毕肖,入木三分,值得重视。

宋文数量众多,浩如烟海,南宋吕祖谦编选《宋文鉴》、清代庄仲方所编《南宋文范》,皆卷帙浩繁。近年来,新编辑出版的《全宋文》三百六十卷,作者九千多人,文章十八万篇。欧阳修领导的古文运动,确立了散文在宋代,以及此后元明清的地位,但骈文并未退出历史舞台,宋代的四六文,应用比较广泛,公私文翰,无所不在,且成就斐然,出现了许多骈文名家。因此,撰著本书,势必不能比较全面地介绍宋文,只能选取颇具代表性的作家和文章,同时适当照顾文体类别,使读者能够对宋文有一些初步的了解。

我们以讲故事的方式讲解文章。故事有两个基本的作用,一是增加阅读的趣味性,故事乃进入文章阅读的一个有效的方式;一是突现人物的风神、精神,或者交待相应的背景,以期有助于理解文章。一般来说,文章的篇幅都比较长,断章取义,往往不能把握、理解文章的内在思理;架空斡旋,更是隔靴搔痒,使精金美玉的文章,了无余蕴,味同嚼蜡。因此,本书在具体撰述时,尽量选取比较有意蕴的故事,彰显人物的风神、精神。在论析文章时,介绍相关背景、写作之事件及对象,剖析文章的整体结构、内在思理、作家的情怀,同时也适当地分析文章论事析理、遣词造句的艺术性以及风格特色。在理解、欣赏文章之内在思理、严密逻辑力量、激越的情感,享受文章之美的同时,也感受古人之精神、风神,以及经世济民、勇于任事、行己有耻的卓荦风节,传扬人类的伟大理性,开拓万古之心胸,得到伟大志气的滋养、高远情怀的熏陶以及品德的砥砺,走向自身人格的成熟,而继往开来。可以说,阅读前代优秀文章,所获裨益是多方面的,其意义与影响无疑是巨大而深远的。

宋文·宋文

目　录

宋文·宋文

谪宦谁知是胜游

——王禹偁《黄州新建小竹楼记》

王禹偁是山东胶州人，很聪明，可惜家里条件不好。父亲开磨房，靠磨面谋生，没有条件让幼小的王禹偁接受良好的教育。一次，他随父亲给富贵人家运送面粉。时任郡中从事的毕文简看到这个七八岁的小孩子粘了一身的面粉，却很灵巧聪颖，就有意询问，并要王禹偁以磨为题，作一首诗。王禹偁不假思索，脱口吟道："但存心里正，无愁眼下迟。若人轻著力，便是转身时。"以磨磨面，是大家常见而不甚关注的事，王禹偁脱口而出的诗歌却超越了磨面这件事，一语双关，说磨而语人生，这让毕文简非常惊

王禹偁像

讶，对他另眼相看。吟这首磨面诗时，王禹偁尚年少，但王禹偁日后人生的遭遇，与他这首诗中所写内容竟然颇有几分相似。可以说，王禹偁是真正从贫寒的底层家庭凭借自己的实力步入仕途的。

淳化二年（991）、至道元年（995）、咸平元年（998），王禹偁三次被贬，其中的缘故无非王禹偁坚持己见，不愿妥协，或是秉笔直书。王禹偁之所以能坚持己见，以那首磨面诗来解释，就是因为"但存心里正，无愁眼下迟"了。

贬谪，对一个身处中央朝廷的官员来说，是政治生命缩减、政治前途黯淡的标志。可贵的是，王禹偁面对这种遭遇却丝毫不以为意，当贬谪一次次到来时，王禹偁表现出的态度则是无所畏惧。

最后一次贬谪是在咸平元年（998），王禹偁被贬到黄州任刺史。到任后不

久，王禹偁就为自己营建了两间特殊的竹楼，自得其乐，并写了《黄州新建小竹楼记》。这篇文章历来备受称赞，有人将《黄州新建小竹楼记》与欧阳修的《醉翁亭记》加以比较，并认为这篇文章胜过欧阳修的《醉翁亭记》，评价甚高。

文章开篇直接叙述黄州盛产竹，而以竹建楼是其特色：

> 黄冈之地多竹，大者如椽，竹工破之，刳去其节，用代陶瓦，比屋皆然，以其价廉而工省也。子城西北隅，雉堞圮毁，榛莽荒秽，因作小楼二间，与月波楼通。

竹楼的创意非常妙，用竹子这种材料建屋盖楼，无论房屋大小和舒适与否，首先给我们足够多的文化意义上的暗示。竹子在中国传统文化中有很积极的意义，经常作为高洁的人格理想的象征出现。苏轼就曾说过："可使食无肉，不可使居无竹。无肉令人瘦，无竹令人俗。"在这些有很高精神追求的大文人心中，俗是一件无法容忍的事情。因为坚持己见，不愿向流俗低头，王禹偁数次被贬，竹子在这时也自然成为王禹偁可以借之抒发自己身世之叹最好的对象。苏轼要求的是自己居所要有竹林相伴，不意王禹偁的做法更绝，直接拿竹子来建楼。在王禹偁看来，选竹子盖楼是因为"价廉而工省"，但住进竹楼之后，享受到的却是奢华的感受：

> 远吞山光，平挹江濑，幽阒辽夐，不可具状。夏宜急雨，有瀑布声；冬宜密雪，有碎玉声；宜鼓琴，琴调和畅；宜咏诗，诗韵清绝；宜围棋，子声丁丁然；宜投壶，矢声铮铮然，皆竹楼之所助也。公退之暇，披鹤氅，戴华阳巾，手执《周易》一卷，焚香默坐，销遣世虑。江山之外，第见风帆、沙鸟、烟云、竹树而已。待其酒力醒，茶烟歇，送夕阳，迎素月，亦谪居之胜概也。

竹楼风景如此之美，视野如此之开阔，令人心旷神怡。居于竹楼，四时之景象不同，而竹楼之风光月色之美不同。王禹偁尽情享受竹子与各种自然界物象配合所产生的视听感受，这些感受都行之于声色而达之于心，读来使人心动。"夏宜急雨，有瀑布声；冬宜密雪，有碎玉声。宜鼓琴，琴调和畅；宜咏诗，诗韵清绝；宜围棋，子声丁丁然；宜投壶，矢声铮铮然，皆竹楼之所助也。"在小楼中，沉醉于琴棋书画，被贬谪的王禹偁，尽情享受着自然之美。这中间有个有趣的情节，抚琴、吟诗、弈棋，是历代文人雅士都乐于做的事情，投壶一事则在宋代文人中更为流行。竹楼之中，抚琴、吟诗、弈棋与投壶一起，成为王禹偁得以排遣郁闷的活动，"丁丁然""铮铮然"这些声响让竹楼更充满乐趣。投壶是宋代文人喜爱的一种游戏。欧阳修《醉翁亭记》说："宴酣之乐，非丝非竹，射者中，弈者胜，觥筹交错，起坐而喧哗者，众宾欢也。"南宋吴自牧在《梦粱录》中写道："四月谓之初夏，气序清和，昼长人倦，荷钱新铸，榴火将燃，飞燕引雏，黄莺求友，正宜凉亭水阁，围棋投壶，吟诗度曲，佳宾劝酬，以赏一时之景。"这些记载无疑表明投壶在宋朝是多么普及，当时很多文化名人也都是非常喜欢享受此中乐趣的。欧阳修《归田录》记载："杨大年（杨亿）每欲作文，则与门人宾客饮博、投壶、弈棋，语笑喧哗，而不妨构思。"王辟之《渑水燕谈录》中写道："司马温公既居洛，每对客，赋诗谈文，或投壶以娱宾。"司马光还曾作诗道："呼奴扫南轩，壶席谨量度。轩前红薇开，蒙下鸣泉落。必争如五射，有礼异六博。求全怯垂成，倒置畏反跃。虽无百骁巧，且有一笑乐。交飞觥酒满，强进盘飧薄。苟非兴趣同，珍肴徒绮错。"甚至连豪气干云的岳飞也能在投壶中找到乐趣，《宋史·岳飞传》形容岳飞"好贤礼士，览经史，雅歌投壶，恂恂如书生。"吟诗、围棋、投壶，使王禹偁的日常生活充满了自足与快乐。

接着，文章由动转静，王禹偁在公务之暇，进入一种修真体道者的玄想之中。"披鹤氅，戴华阳巾"都是道士的标准服饰配置。"鹤氅"又叫"神仙道士衣"，就是斗篷、披风之类的御寒长外衣，此类衣服最初是用鸟类的羽毛制成，取道家"羽化升仙"之意。闲居中，王禹偁在思想境界中也是出入于儒道之间，借此获得心灵的大自由和大宁静，"江山之外，第见风帆沙鸟、烟云竹树而已"，并由此而体味到了"谪居之胜概"。

因为自乐其乐，王禹偁把这座简陋的小竹楼与历史上的四大名楼做对比。"彼齐云、落星，高则高矣！井干、丽谯，华则华矣"，高华是容易让人羡慕感叹的，仅从外形上对比，竹楼简陋至极，但是高华中却藏污纳垢，喧嚣浮华，"贮妓女，藏歌舞"，这都是作者所不取的。竹楼虽小，却能给作者带来恬然自安的快乐。此处，四大名楼已经成为浮华的功名利禄的象征，那里虽然喧嚣热闹，却已经无法引起作者的任何羡慕。似乎躲进竹楼之中，王禹偁的心灵才能找到依归，虽然人在贬谪之中，却心中旷达，"不以谪为意"。自足自乐之时，王禹偁也以竹楼之易朽，引出被贬谪的人生无奈和压抑、愤懑之气：

吾闻竹工云,竹之为瓦仅十稔,若重复之,得二十稔。噫!吾以至道乙未岁,自翰林出滁上;丙申,移广陵;丁酉,又入西掖;戊戌岁除日,有齐安之命;已亥闰三月,到郡。四年之间,奔走不暇,未知明年,又在何处?岂惧竹楼之易朽乎!后之人与我同志,嗣而葺之,庶斯楼之不朽也。

身处竹楼之中,王禹偁体会到的人生是丰富而复杂的,有陶然自乐,有深沉虚静。竹楼易朽,而自己数度被贬,其平静的内心会有怎样的波澜?四年之间,奔走不暇,而"未知明年,又在何处",对命运无法把握的无奈和迷茫,以及对所遭受的政治打击的不满,仍然以平和朴实的方式表现出来了。王禹偁期望自己能够有所作为,可惜在辗转流徙各地之时,岁月流逝,无法实现致君尧舜的抱负,《听泉》诗曰:"平生诗句多山水,谪宦谁知是胜游。南下阌乡三百里,泉声相送到商州。"在无奈中,自我宽解。王禹偁终究还是旷达的,他把希望寄托在后来与自己志趣相投的人身上,希望他们能修葺竹楼,使竹楼不至于朽败,其实是希望自己寄托于竹楼之内的心意与信念也能为后来者理解。

王禹偁对后人提出了自己的希望:"后人公退之余,召高僧道侣,烹茶炼药则可矣。若易为厩库厨传,非吾徒也。"但是,历史还是与王禹偁开了个玩笑,王禹偁最不希望的事情还是发生了,"楼且半圮,而斋已更为马厩矣。"王禹偁所担心的事情还是发生了,"遂为谶也"。(《曲洧旧闻》)这是后话,也是完美竹楼的一个略微让人感到无奈的结局。

宋文·宋文

中国的文人遭遇贬谪,郁愤而有文,是从屈原开始的,《离骚》《渔父》《卜居》等诗篇都是直接书写贬谪的作品。可以说,屈原开启了贬谪文学的创作之途。贬谪遂构成了失意文学,大部分遭贬的士人在贬谪中都是不胜其悲,心中的悲苦难以自遣。而像王禹偁这样不但不陷入悲苦之中,反而表现出旷达的确实比较少。更有趣的是,王禹偁之后,范仲淹、欧阳修、苏舜钦、王安石、苏轼、苏辙等人,无论从日常行为,还是作品中都表现出了这样一种面对贬谪而旷达自娱的精神气质。文人的精神气质和对政治、对人生的认识都在深化和改变,从某种意义上讲,王禹偁开启了一个新的精神境界,对后世产生了积极的影响。

除了《黄州新建小竹楼记》外,王禹偁在他的其他一些作品也表现出面对贬谪的洒脱和旷达。与《黄州新建小竹楼记》大致写于同时的《三黜赋》写道:"屈于身兮不屈其道,任百谪而何亏。吾当守正直兮佩仁义,期终身以行之。"任由再多的贬谪,也不会亏损心灵和精神,寄游山水之间的乐趣,只有自己才能彻底体会。

　　宋朝初期,诗文创作都在积极寻求突破,王禹偁是有贡献的。王禹偁追求文章清新自然,不事雕琢,注重语言锤炼,对文章内在的节奏感和语言所能创造出的音韵之美都有追求。显然,《黄州新建小竹楼记》比较好地体现了这些特色。如,第二段用六个排比句,完成心中完美竹楼的听觉世界的构筑,几重声音交错在一起,宛如交响乐,六句一气排比而成,着力渲染,又为文章增添内在气势,颇富诗之韵味,故感人至深。人的情感与文章合二为一,人情在焉,文情附焉。

窠石平远图

风节卓荦传千秋

——范仲淹《桐庐郡严先生祠堂记》

范仲淹一生多次被贬出京，在外为官。史书中记载，每次被贬出京时，同僚都要为他践行，第一次被贬时称他"此行极光"，第二次称他"此行愈光"，第三次称他"此行尤光"。被视为仕途障碍的贬谪，在范仲淹看来竟然是光荣的事情，由此可见他内心始终是以天下为己任，一朝一夕的得失都不挂怀。

《桐庐郡严先生祠堂记》一文是范仲淹又一次"光荣"地被贬到睦州时所写。睦州之地，人杰地灵，新安江畔山水奇美，更重要的是这里曾经是汉代高士严子陵的隐居之地。严子陵是东汉隐士，年少时与汉光武帝刘秀是同学，曾一起游学。王莽篡夺西汉政权之后，天下大乱，各地纷纷起义，严子陵见形势如此便攻习医学，以期济世救民，他博览群书，精通岐黄之道，医术精湛，又通晓天文地理。严子陵周游天下名山秀水，广结文人豪杰却不愿为官。

刘秀称帝后，思贤若渴，派人到处寻找严子陵的踪迹。几年后，得知严子陵隐居之处，便立即派人备了车子带着厚礼前去请严子陵出山。刘秀的使者一连去请了三次，并带着刘秀的亲笔书信，信上写道："古大有为之君，必有不召之臣，朕何敢臣子陵哉！唯此鸿业若涉春冰，譬之疮疫须杖而行。若绮里不少高皇，奈何子陵少朕也。箕山颍水之风，非朕所敢望。"严子陵实在推诿不过去了，才终于来到了洛阳。

而在洛阳，刘秀的丞相是侯霸。侯霸曾经在王莽手下为官，看到王莽失势后便见风使舵转向起义军。凭着自己的钻营劲儿，一步步爬了上来。他深知刘秀十分器重严子陵，一听到严子陵来到洛阳，便马上派人携书问候。严子陵闲逸惯了，对侯霸这种唯利是图、钻营投机的人十分鄙视，看了侯霸的信后，也不愿回信，只让来人带了两句话去，说"怀仁辅义天下悦，阿谀顺旨要领绝"。要领，指腰与颈项。此处谓如若一味阿谀奉承、曲顺旨意，则最终会被杀身亡。这两句话触及了侯霸的疮疤,让他心中十分不满。侯霸便开始想办法要把严子陵撵出洛阳去。而严子陵看到侯霸这样的人居然当了丞相,也就不愿再在洛阳待下去,每天只在驿馆里睡大觉,等待回家。甚至当光武帝刘秀亲自来看望他,他也闭着眼睛,不理不睬。刘秀知道这位老友性格高傲、耿介,便抚着他的背说:"子陵呀子陵,你到底为什么不肯出来辅助我治理国家呢?"严子陵突然睁开眼来,盯着刘秀说:"唐、尧得天下,是因为德行远闻,才使隐者洗耳。你何必苦苦逼我呢!"刘秀见说服不了他,只得叹息着登车回宫。几天后,刘秀请严子陵入宫叙旧,顺便留宿在皇宫中,光武帝刘秀与严子陵共卧一塌。晚上严子陵翻身时,把脚搭在刘秀身上。这件事被侯霸知道,第二天便让太史启奏,说夜观天象有客星侵犯代表皇帝的紫微星。刘秀笑道:"这是我和老朋友严子陵共卧一塌造成的。"这个故事显然是附会而成,刻意造成天人合一、星象反映人间的情形,突现刘秀之爱贤若渴,但严子陵身在禁宫之中与皇帝同寝一塌,能如此随意,而不是战战兢兢一副顺民的样子,也能看出他独立的人格与高洁的品质。而严子陵也看出京城之中权力倾轧,官场险恶,执意离京,重新隐居起来。

范仲淹借在严子陵祠堂凭吊之机缅怀他的高风亮节,写成此文。文章开篇则曰:

> 先生,汉光武之故人也,相尚以道。及帝握赤符,乘六龙,得圣人之时,臣妾亿兆,天下孰加焉。惟先生以节高之,既而动星象,归江湖,得圣人之清,泥涂轩冕,天下孰加焉。

严子陵乃光武帝刘秀的"故人",而且"相尚以道"。当刘秀君临天下之时,威仪非凡,"臣妾亿兆,天下孰加焉"。所谓"赤符",《后汉书·光武纪》有记载:公元25年,刘秀带兵到鄗县时,儒生强华从关中来投奔,随身携带《赤伏符》,符中写道:"刘秀发兵捕不道,四夷云集龙斗野。"预示着刘秀要一统天下成为九五之尊。这时候,天下归心,登上人君宝座,该是如何的威赫!"天下孰加焉",又有谁敢拒绝这位皇帝的心意呢?就在万民臣服之时,严子陵仍然敢把自己的脚放在"龙体"之上,引起天象变动,"归江湖,得圣人之清",泥涂轩冕,粪土王侯,不为富贵所羁绊,不为权势所胁迫,"天下孰加焉",乃真正意义上品性高洁的隐士。此处两次写"天下孰加焉",前者乃刘秀,贵为天子,威仪非凡,达到了权力的巅峰;后者乃严子陵,品节高洁,不为富贵权势所屈,达至道德之极致。两相对照,各有其成就，也为下文的进一步拓展埋下了伏笔。

中国古代从来都不缺少隐士，但其中不少人是把隐逸当作终南捷径。隐居是一件不错的外衣，穿上这件衣服乃是为了博得日后的功名利禄。他们在普通人面前是一副高洁不可冒犯的样子，面对权贵则神情摇曳，尊严尽失。这种目的性极强的把隐逸当作外衣来穿的假隐士们，人们见到的太多，这才有范仲淹在文章中"以节高之"的赞叹。

诚然，一个特立独行的隐士想要按照自己的心意来过自己想要的生活，一

严子陵钓台

个贤明的君主和一个相对宽松的环境是必需的。严子陵能够坚持自己的意愿，是因为刘秀能够理解这位老同学的个性与志向；刘秀数次邀请严子陵入朝为官，并没有因为自己贵为天子，邀请多次被拂逆而心生恶念，能以平常心对待此事，给严子陵足够的尊重和生存空间。两人之间，一个需要有坚持个人信念的勇气，一个需要有宽容尊重他人的雅量，对于一位

帝王而言，这种宽容与雅量更加难能可贵。这一方面来自于刘秀与严子陵早年即为同窗，有着深厚的友谊，更来自于刘秀作为一个开国之君的胸怀。

作为汉室中兴之主，刘秀能最终扫清宇内，颇不容易。他虽然名义上也是汉室宗亲，但实际上已经属于旁支末系，宗室的名义帮不了他多少忙。东汉建立，还是有赖于他自己的奋斗，王夫之在《读通鉴论》中就感慨："光武之得天下，较高帝（指汉高祖刘邦）而尤难矣！自三代（指夏、商、周）而下，唯光武允冠百王矣。"登基称帝之后，天下人口只有之前的"十有二存"，为恢复民力，刘秀下令释放奴隶，裁撤官吏，合并郡县，竭力减轻人民负担。更重要的是刘秀在洛阳修建太学，恢复西汉时期博士之学，身为皇帝，他还经常与学生交谈，官、私办学都开始兴盛。在独尊儒术的背景之下，刘秀褒奖王莽时期隐居不仕的官员，表彰其气节。形成东汉重气节、尚节操的风气，"东汉尚气节，崇廉耻，风俗称最美，为儒学最盛时代。"（《历代民德升降原因表》）司马光也在《资治通鉴》中表彰东汉"自三

代既亡，风化之美，未有若东汉之盛者也"。以致东汉末期，宦官外戚乱政时，东汉士人奋起反抗，抗辩激烈乃至殒命不顾，这都是从刘秀这里奠定基础的。

严子陵风节卓荦，当"天下孰加焉"之时，文章说：

> 惟光武以礼下之。在《蛊》之上九，"众方有为，而独不事王侯，高尚其事"，先生以之。在《屯》之初九，"阳德方亨，而能以贵下贱，大得民也"，光武以之。盖先生之心，出乎日月之上；光武之器，包乎天地之外。微先生，不能成光武之大；微光武，岂能遂先生之高哉！而使贪夫廉，懦夫立，是有大功于名教也。

光武帝刘秀能够礼贤下士，能大得民心；严子陵不事王侯，高尚其事，能树立道德的高标。因而，严子陵之品德高洁，出乎日月之上；光武帝刘秀之器量弘阔，包乎天地之外，无所不能容纳。微，假设关联词，如果没有，如果不是。如果不是严子陵，则不能成就光武帝之爱贤若渴、器量宏大；如果不是光武帝，哪能成就严子陵品性之高洁呢！两相对照，贤才圣君之相得，才会有严子陵风节卓荦高洁，流传千古的美名。严子陵的意义，还在于不贪图荣华富贵，不屈服于权势，保有自身独立的品性，从而使贪夫廉、懦夫立，"是有大功于名教也"。

范仲淹极言严子陵的高风亮节，于对比之中表现刘秀的贤明。联系到自己数次被贬，因为忠心进谏惹来党争之祸，身处睦州的范仲淹同时感喟高风亮节和圣明君主，是有自己内心想法的。范仲淹终其一生都是以天下为己任，然而对于一个身处封建皇权社会中的臣子，一生追求的是"得君行道"，自己的志向和抱负都建立在遇到圣明的君主和清明的政治环境基础之上才可能实现。在《桐庐郡严先生祠堂记》中，范仲淹借表彰严子陵，表达了对圣明君主的深切期待。出现良好的政治环境，才能使"贪者廉，懦者立"，天下士人才有可能施展抱负，使得人尽其才，而有益于社稷民生。

宋文·宋文

文章至此，才点出重修严先生祠堂一事："某来守是邦，始构堂而奠焉。乃复其为后者四家，以奉祠事。"颇为简洁地交代了重修祠堂之事，并且作歌以祭祀：

> 云山苍苍，江水泱泱。先生之风，山高水长。

苍茫云山，浩荡江水，似乎都被严先生所感染，而严先生的风节品德，亦如这苍苍云山，泱泱江水，流传千秋万代。据传，范仲淹完成这篇文章时，"先生之风"原本写为"先生之德"，后来在李泰伯的建议下把"德"字改为"风"字，一字之变，严子陵独立世外的隐士之风跃然纸上。范仲淹的文章一向"字少意多"，这篇文章笔力雄健，短短篇幅之内，意蕴深长。

范仲淹虽然数次被贬，但无论身边环境如何恶劣，他心系朝廷、关心民瘼的态度始终没有发生过大的改变。可以想象，范仲淹立于严子陵祠堂之前，感慨系之，也了然清明的政治与圣明君主对社稷和个人的重要性。贬谪之际，他并没有因江湖邈远而自悲身世，《岳阳楼记》中先忧后乐的思想始终没有改变。这样坚定的心志和宏大的心愿，完全可以与严子陵相隔千年而对话、交流。

致君泽民，先忧后乐

——范仲淹《岳阳楼记》

北宋庆历六年（1046），在邓州太守任上的范仲淹接到好友滕子京的来信，邀请他为重新修葺的岳阳楼写篇文章。岳阳楼是范仲淹早年游历过的地方，位置在岳州城西门楼，地处洞庭湖边，可以眺望洞庭湖，此楼唐代修成后即负盛名。

滕子京重修岳阳楼，是在他庆历四年（1044）被贬官至此便开始动工的，这次贬谪已经是他两年之内第三次遭贬。庆历二年（1042）时，滕子京还以天章阁待制任环庆路都部署，并知庆州，在防御西夏入侵方面颇有贡献。庆历三年（1043），滕子京遭人诬告，诬告者说他"费公钱16万贯"，此案牵连甚广，有多人被捕入狱。滕子京则多亏范仲淹、欧阳修在朝廷中竭力为他辩白，才没有被深究，只是被贬到凤翔府。不久后，滕子京又被贬到虢州。庆历四年（1044），王拱辰又提出滕子京"盗用公使钱，止削一官，所坐太轻"，这才又把他贬到巴陵郡（今湖南岳阳）。在巴陵郡的滕子京内心郁愤，重修岳阳楼后，有人赞扬此事是盛举，滕子京颇为感慨，当即答道："落甚成！只待凭阑大恸数场。"可见其内心的郁勃难平。

接到信的范仲淹，当时人在邓州（今属河南），其实也是被贬而来的，他刚刚经历了"庆历新政"的失败。作为"庆历新政"的核心人物，范仲淹针对当时的社会弊端曾提出很多改革主张，终因触及旧官僚贵族利益而失败被贬。在封建王朝的中央权力斗争中，对失败的一方最好的优待就是被排挤出中央朝廷，贬谪到地方做地方官。不过，对于这种遭遇，范仲淹倒也能够坦然接受。面对曾经的同窗、现在同样在贬谪之中的滕子京的邀请，范仲淹没有推辞，命笔写下了千古名文《岳阳楼记》。文成后，滕子京请人将此文刻石存于岳阳楼，后人称赞此事说："庆历中，滕子京谪守巴陵，治最为天下第一。政成，重修岳阳楼，属范文正公

宋文·宋文

为记，词极清丽。苏子美书石，邵𫗧篆额，亦皆一时精笔，世谓之四绝云。"(《渑水燕谈录》)《岳阳楼记》作为"四绝"之一，千古流传，成为岳州的标志之一。

文章一开始便点明滕子京与自己一样，都是贬谪在外。而遭贬之人还能做出"政通人和，百废待兴"的成绩，显然需要赞扬一番。然而，即使被贬到巴陵郡，给滕子京泼脏水的人仍然存在。重修岳阳楼后，就有人称滕子京在岳州任上，并未使岳州出现太平兴盛的景象，在老百姓穷困潦倒、饿殍遍地的情景

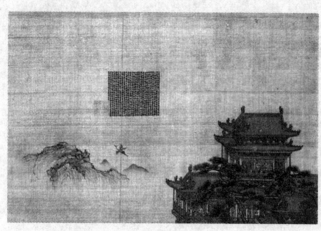

岳阳楼

下，滕子京并未做到"勤政为民"，相反，却四处搜刮钱财，重修岳阳楼，为自己树碑立传，邀功请赏。更为可恶的是，这些污蔑的人称，滕子京故伎重施，在重修岳阳楼时，再一次征敛赋税，得钱近万缗。对于这个问题，司马光曾在《涑水记闻》中提到，并为之辩护。司马光记载："滕宗谅知岳州，修岳阳楼不用省库银，不敛于民。但榜民间，有宿债不肯偿者，官为督之。民负债者争献之……州人不以为非，皆称其能。"可见，滕子京重修岳阳楼，一不靠财政拨款，二不搞集资摊派，而是靠催收州民捐献出来的烂债聚财，算是创造性地解决了修楼的经费问题。以滕子京这种灵活处理问题的能力，"政通人和"是完全可以做到的。

范仲淹早年游历之时，曾到过岳阳楼，对于这里的壮阔景象颇有感触："予观夫巴陵胜状，在洞庭一湖。衔远山，吞长江，浩浩汤汤，横无际涯；朝晖夕阴，气象万千。此则岳阳楼之大观也。"正是这样气象万千的岳阳楼，因为地处洞庭湖畔，"迁客骚人，多会于此"，故而自然界阴晴晦明都折射在人心中，反映出不同的感受：

　　若夫霪雨霏霏，连月不开；阴风怒号，浊浪排空。日星隐耀，山岳潜形。商旅不行，樯倾楫摧。薄暮冥冥，虎啸猿啼。登斯楼也，则有去国怀乡，忧谗畏讥，满目萧然，感极而悲者矣。

　　至若春和景明，波澜不惊，上下天光，一碧万顷。沙鸥翔集，锦鳞游

泳；岸芷汀兰，郁郁青青。而或长烟一空，皓月千里；浮光跃金，静影沉璧；渔歌互答，此乐何极！登斯楼也，则有心旷神怡，宠辱偕忘，把酒临风，其喜洋洋者矣。

"庆历新政"失败后，范仲淹被贬黜到邓州为官，也是一名标准的迁客，有别于其他被贬谪官员的悲观和牢骚满腹，范仲淹始终保持着比较好的心理状态，且心中始终顾念着要为国家出力。在《岳阳楼记》中他借此文表达了自己的心志，并顺便激励一下滕子京这位与自己境遇相同的友人。他提出要以"古仁人"为榜样，"不以物喜，不以己悲"。而实际上，滕子京在心态方面恰好有些问题，范公偁的《过庭录》中记载："滕子京负大才，为众忌疾，自庆州帅谪巴陵，愤郁颇见辞色。文正与之同年，友善，爱其才，恐后贻（遗留）祸。然滕豪迈自负，罕受人言，正患无隙以规之。子京忽以书抵文正，求《岳阳楼记》。故《记》中云：'不以物喜，不以己悲''先天下之忧而忧，后天下之乐而乐'，其意盖有在矣。"范仲淹在这篇文章中，实际上在以"古仁人"劝诫滕子京，借此尽到一个朋友的义务。

比较范仲淹与滕子京两人的遭遇，很难得出谁被贬谪伤得更痛苦。范仲淹对家、国、天下的思考和强烈的经世致用的思想在《岳阳楼记》中体现得颇为充分全面。在古文中，"记"这种体式更多是用来记事的，而范仲淹在文中把记事、写景和议论融合在一起，使文章夹叙夹议，虽以"记"名，实际上却更像一篇议论文。文章中写景两段，骈散结合，音韵铿然，给人很大的艺术享受，做到了有情、有景、有味，尤其是以"迁客骚人"之登临感喟，而写出一己之怀抱——先忧后乐，致君尧舜之上，济世泽民，独以天下为己任，借景借事，转入古仁人之用心，而抒发其襟怀，句句为忧乐写照。文章命题措辞，曲引旁达，横见侧出，运笔之跌宕、文情之纵逸，引人入胜，沁人心脾。

身处贬谪之中，心怀天下，这种胸怀是极其难得的，养成这样一种情怀，范仲淹的经历颇为不易。范仲淹自幼家中贫寒，读书时候极为艰苦，基本的温饱都很难保障，每天煮一盆粥糜，分成两块，晨昏各食一块，勉强度日。入仕之后，他又非常体恤扶掖跟自己年轻时一样立志读书而家中贫寒的士子。范仲淹掌管睢阳书院时，有一位孙秀才拜谒他，他从自己俸禄中拿出十千钱赠送给孙秀才。第二年，碰到此人时，又赠送他十千钱，见此人行色匆匆，便问他何以至此。孙秀才告以家贫，家中老母无法奉养，范仲淹便出钱资助他奉养老母，并亲自教授他《春秋》之学。十年后，山东泰山孙明复以精通《春秋》之学被朝廷召至太学任教，这位大名鼎鼎的学者就是范仲淹曾经帮助过的孙秀才。这种仁爱，不仅表现在对学生上，对家人朋友更是如此，推己及人。

儒雅之外，范仲淹又知兵善战。在以龙图阁直学士统领邠、延、泾、庆四郡防御西夏时，范仲淹训练士卒号令严明，对部下和边关民众又十分体恤，得到边关民众爱戴，威德素著。初到西北边关时，韩琦联系范仲淹反攻西夏，范仲淹认为时机未到。前来与范仲淹联络的尹洙慨叹："韩公说过，'且兵，须将胜负置之度外'。您今天太过谨慎，看来真不如韩公！"范仲淹回答："大军一发，万命皆悬，置之度外的观念，我不知高在何处！"后来韩琦在好水川口遇伏被围，任福等十六名将领阵亡，士卒惨死一万余人。韩琦大败而返，路遇数千亡者家眷哭喊亲人姓名，祈祷亡魂能跟着韩帅归来。韩琦驻马掩泣，痛悔不迭。与西夏军对峙时，范仲淹命士卒十日之内在宋、西夏边界之间筑造一座大顺城，令西夏军惊叹。随后，范仲淹命令宋军以此城为中心构筑了一系列坚固的军事体系，使西夏军队很难找到进攻的机会。西北边陲民谣唱道："军中有一范，西贼闻之惊破胆。"西夏人称范仲淹为"小范老子"，说"小范老子胸有十万甲兵"。谨慎用兵，不为义气所动，范仲淹慎动兵马，以天下为己任，坚持经世致用的儒家思想，对整个宋代儒学思想都有一定影响。

泛爱众而亲仁，能文而善战，胸有丘壑万千，气象不凡，这些特点构成具有独特人格魅力的范仲淹。如此胸襟，贬谪之苦自然不能夺范仲淹的心志，这篇名垂千古的《岳阳楼记》即使今天读来，仍然音韵铿然，充满一股清气，"先天下之忧而忧，后天下之乐而乐"两句话则深入人心，成为一种鼓舞人心的力量。

深厚雄博，非韩不学

——欧阳修《记旧本韩文后》

欧阳修去世之时，谥号文忠，是宋王朝对他作为文学家和史学家的一生的美誉。欧阳修一生与文结缘，身为唐宋八大家之一，宋代古文运动的文坛领袖，他在古文运动中既有革新的理论，又有各种体裁的古文创作，且名篇颇多。欧阳修身为文坛领袖，力主文风变革，"奖引后进，如恐不及，赏识之下，率为闻人"。（《宋史·欧阳修传》）奖掖提携新人，对宋代古文的发展居功至伟，唐宋八大家中，曾巩、王安石、三苏都在欧阳修影响下成为古文大家。欧阳修古文的艺术风格，却更多受到韩愈的影响，欧阳修从学韩入手，进而钻研司马迁《史记》的写作风格。苏轼评欧阳修文风，认为"论大道似韩愈，论事似陆贽，记事似司马迁，诗赋似李白"，而欧阳修古文的基本风格，仍然是学习韩愈。

欧阳修四岁丧父，由母亲带领随叔父在湖北长大。幼时家贫，没有钱进学堂读书，母亲郑氏用芦苇秆在地上写画，教他认字。欧阳修天资聪颖，又酷爱读书，没钱买书就从城南李家借书抄来读，他记忆力惊人，一本书往往不等抄完，就已经能背诵。欧阳修从小习诗作文，文笔老练，欧阳修的叔叔认定他是家族振兴的希望，认为"他日必名重当世"。十岁时，欧阳修在经常借书的城南李家的废纸篓中发现《昌黎先生文集》六卷，读过之后"心慕焉"，开始苦读研模，心中立志，"必与并辔绝驰而追与之并"。

这是一种奇妙的因缘，十岁的欧阳修因为无意之中遇到几卷破旧的《昌黎先生文集》，整个宋代古文发展的方向遂开始发生变化。这段无意之中获书的经历，欧阳修记录在《记旧本韩文后》这篇书跋之中：

> 予少家汉东。汉东僻陋，无学者，吾家又贫，无藏书。州南有大姓李氏者，其子尧辅颇好学。予为儿童时，多游其家，见有弊筐贮故书在壁

宋文·宋文

间,发而视之,得唐昌黎先生文集六卷,脱落颠倒,无次序,因乞李氏以归,读之,见其言深厚而雄博。然予犹少,未能悉究其义,徒见其浩然无涯若可爱。

文字颇简洁,表现出很强的叙述能力。当时欧阳修虽然年纪尚小,却抵御不住韩愈文"深厚而雄博"气势的吸引,只是心中欢喜,觉得喜爱。

欧阳修痴迷于韩文的时候,宋代文坛正在被称为"太学体"的时文所占据,韩愈古文风格已经很少被人提及。故而文章说:

> 是时天下学者,杨、刘之作号为时文。能者取科第,擅名声,以夸荣当世,未尝有道韩文者。予亦方举进士,以礼部诗赋为事。年十有七,试于州,为有司所黜。因取所藏韩氏之文复阅之,则喟然叹曰:"学者当至于是而止尔!"因怪时人之不道,而顾己亦未暇学,徒时时独念于予心,以为方从进士干禄以养亲,苟得禄矣,当尽力于斯文,以偿其素志。后七年,举进士及第,官于洛阳,而尹师鲁之徒皆在,遂相与作为古文,因出所藏昌黎集而补缀之,求人家所有旧本而校定之,其后天下学者亦渐趋于古,而韩文遂行于世,至于今,盖三十余年矣。学者非韩不学也,可谓盛矣。

天圣八年(1030),欧阳修以第一名成绩考中晏殊主持的礼部省试,同年,欧阳修考中进士踏入仕途。欧阳修省试第一的考试中,有段小插曲。考试时,晏殊拿出一篇《司空掌舆地之图赋》考查士子们,多人作答均不合晏殊心意。最后长相瘦弱的欧阳修解答了这道题目。晏殊感叹道:"今一场中,唯贤一人识题。"欧阳修遂荣登榜首。如此生僻的题目,没能难得住欧阳修,其日常涉猎之广、读书之多,亦可以由此窥见一斑。

从初次读到韩文,被迫学习时文以备考,到步入仕途,身边有了尹洙等一批志同道合的朋友,三种不同的境遇中,欧阳修三次重读韩文,每次阅读都有不同感受。第一次阅读韩文是在随州城南李家的旧纸篓中,虽然不能完全理解韩文之美,无法充分领略韩文汪洋恣肆的气势,但从少年时就开始读韩文,眼力渐高,虽然年少却有了明确的目标。第二次阅读韩文,是在科举遇挫折时,因为不喜欢时文的风格在科场上遭受挫折,此时欧阳修再读韩文,将韩文与时文进行对比,更加确认韩文的价值,并在困境中坚持了自己的追求,虽然为科举不得已写作时文,但他深知韩文的价值如精金美玉不能磨灭。第三次阅读韩文时,文坛风气已经开始转变,欧阳修亲眼目睹韩文风格在文坛复苏,直到韩文大行其道,士子"非韩不学",而这个变化正是北宋古文运动发展和走向辉煌的三十年时间。

序文中,欧阳修在谈到自己阅读韩文的这三段经历时,只是很委婉地谈了自己与古文运动兴起的关系,而事实上,古文兴起、时文衰落,绝对不是平和自然更替的结果。古文复兴,是在欧阳修等人大力提倡,甚至做了一定程度的斗争之后才完成的。嘉祐二年(1057),欧阳修知贡举,主持礼部省试,他利用主考官的权力,开始推行革新文风的主张,提倡平易晓畅的古文。当时尚险怪奇涩的太学体仍然很有市场,欧阳修利用负责考试之便,阅卷时凡是以太学体为文者一概不取,一些文风怪僻的士子纷纷落选。阅卷结束后,一些气焰嚣张的落选考生在欧阳修出门时聚众鼓噪,甚至有人扔砖石袭击欧阳修的轿子,巡逻公人竟然都无法制止。因为文体原因,几乎闹出冲击长官的闹剧,可见文风形成之后想要改变谈何容易。从根本上来说,文风问题,其实是如何表达思想情志的问题,关乎思想的进步。自此之后,太学体文章便开始慢慢在科举考试中绝迹,古文运动复兴,真正扫清了障碍。而这次考试中,曾巩、苏轼、苏辙等人都被录取,文坛文风发生彻底改变。这次转变,被认为是完成了第二次古文运动,欧阳修由此成为文坛领袖,韩、柳风格的古文确立了文坛的正统地位。

科场文风之变,实际上乃是官场人心之变。险怪奇涩的太学体文风,助长的是一味追求新奇险怪的风气,人心浮躁,对世道人心、官府科场都有很大的消极影响。但是在跋文中,欧阳修也表示了自己的信心。他认识到,只要是正确思想和道理,可能会因为客观原因或沉寂一时,或埋没无闻,但这些东西不可能真正被埋没,他们经历波折的时间越久,重现光芒时光彩就会

欧阳修像

越闪耀。在这里，欧阳修无意中谈到一个所谓的道统与文统的传承问题。欧阳修极力推崇的韩愈宣称自己接续了孟子以来的儒家道统，而韩文也继承了秦汉以来的古文传统，韩文"文起八代之衰"。欧阳修学习韩文，自然是对韩愈文统的自觉传承。这一点，苏轼有比较清楚的认识："（韩）愈之后三百有余年，而后得欧阳子，其学推韩愈、孟子以达于孔氏，著礼乐仁义之实以合于大道……士无贤不肖，不谋而同曰：欧阳子，今之韩愈也。"苏轼这段追本溯源的描述，是要确定欧阳修文宗的地位，在追述欧阳修承袭流变时，顺便理清从韩文到欧阳修之文统承续关系。

欧阳修学习韩文风格，追求文风平实，用词简洁，这种追求已经深入骨髓，

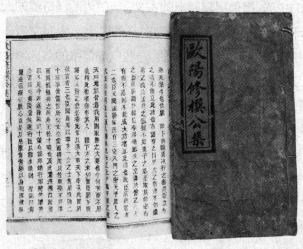

欧阳修集

变成一种下意识的要求。欧阳修在翰林院任职时，一次，他与同院三个下属出游，见路旁有匹飞驰的马踩死了一只狗。欧阳修提议："请你们分别来记叙一下此事。"一人率先说："有黄犬卧于道，马惊，奔逸而来，蹄而死之。"另一人接着说："有黄犬卧于通衢，逸马蹄而杀之。"最后第三人说："有

犬卧于通衢，卧犬遭之而毙。"欧阳修听后笑道："像你们这样修史，一万卷也写不完。"那三人连忙请教："那您如何记呢？"欧阳修道："'逸马杀犬于道'，六字足矣！"三人听后面红讪笑，深为欧阳修为文的简洁所折服。

注重文字简洁雅驯，一旦成为作家的习惯，就开始与个人尊严相联系，文字是否雅驯恰切，一字一词都被注重起来。欧阳修晚年时，亲自修订平生所做文章，字斟句酌，思考颇苦，他的夫人劝说他不必如此辛苦，玩笑道："何自苦如此，尚畏先生嗔耶？"欧阳修笑道："不畏先生嗔，却怕后生笑。"可见他对文字严格要求以至于斯。

欧阳修认识到当时文风的转变实乃必然，却又是一项必须进行的艰巨工作，因而文章说：

呜呼！道固有行于远而止于近，有忽于往而贵于今者，非惟世俗好恶之使然，亦其理有当然者。而孔孟皇皇于一时，而师法于千万世，韩氏之文没而不见者二百年，而后大施于今，此又非特好恶之所上下。盖其久而愈明，不可磨灭，虽蔽于暂而终耀于无穷者，其道当然也。

欧阳修从这个基本道理来表述发现、阅读韩愈文章的过程及体认：

予之始得于韩也，当其沉没弃废之时，予固知其不足以追时好而取势利。于是就而学之，则予之所为者，岂所以急名誉而干势利之用哉？亦志乎久而已矣。故予之仕，于进不为喜，退不为惧者，盖其志先定而所学者宜然也。

欧阳修指出"志先定"而后才能坚定学习，进德修业，不为沉没弃废所阻断，亦不为急名利求势利而影响。写作这篇跋文时，欧阳修早已是文坛领袖，朝廷高官，但他对少年时获得的这部破旧的《昌黎先生文集》仍然爱不释手。宋代印刷技术发达，昌黎文集也有颇多善本，但欧阳修却宁愿拿其他善本来为这部蜀刻版的文集做校雠，也不愿放弃此书。但凡人对旧物有所不舍，多由两个原因引发：一是相伴日久，彼此感情深厚。这样一部文稿，从欧阳修尚是垂髫小童就伴随他左右，并深切地影响了他一生的文学追求，感情至深，自然不能随意割舍。另一个则是明白其价值无法超越，"韩氏之文之道，万世所共尊，天下所共传而有也"，欧阳修所坚信的是，无论时间还是空间，韩愈之文之道只会传播更广，产生更深远的影响。虽然书本品貌破旧，却依然敝帚自珍，不忍放弃。欧阳修所看重者，实乃韩愈文章所传之道以及高度的艺术成就。

文章最后，欧阳修笑言："予家藏书万卷，独昌黎先生集为旧物也。"欧阳修晚年自称"六一居士"，据说是因为他收集三代以来金石刻为一千卷，加上藏书一万卷，有琴一张，有棋一局，常置一壶酒，自己老于其间，凑为六一。在这闲雅的六个一中间，一部从废纸篓中拣出的《昌黎先生文集》却有着举足轻重的地位，作者对此书的珍爱之情更为突显。

爱贤若渴，铨选人才

——欧阳修《送曾巩秀才序》

　　曾巩少年时便已经展露出自己的天资，他"生而机敏，读书数百言，脱口辄诵。年十二，试作《六论》，援笔而成，辞甚伟"。青少年时代，曾巩就已经是个才子，写得一手好文章。进京赴考，曾巩随身带着自己数十万字的文章，请欧阳修批评指点。欧阳修非常赏识曾巩的文章，评价说"其大者固已魁垒，其于小者，亦可以中尺度"。也就是说，曾巩文章中的上乘作品，已经水平很高，而一般的作品，也写得很有章法，以进士考试录取的标准来看，曾巩是完全合格的。但是即使如此，在科举考试中，曾巩还是名落孙山。

　　落第之后，欧阳修为抚慰这位失意才子，写了这篇《送曾巩秀才序》，表达了对曾巩的赞许和同情，更对当时的考试选拔制度和标准提出质疑。文章开篇叙述曾巩入京考进士，未中，才能杰出却未被录取，欧阳修遂对这一不合理的考试制度提出批评：

　　　　广文曾生来自南丰，入太学，与其诸生群进于有司。有司敛群才，操尺度，概以一法，考其不中者而弃之。虽有魁垒拔出之才，其一累黍不中尺度，则弃不敢取。幸而得良有司，不过反同众人叹嗟爱惜，若取舍非己事者，诿曰："有司有法，奈不中何？"有司固不自任其责，而天下之人亦不以责有司，皆由其不中法也。不幸有司尺度一失手，则往往失多而得少。呜呼！有司所操果良法耶？何其久而不思革也。况若曾生之业，其大者固已魁垒，其于小者，亦可以中尺度，而有司弃之，可怪也。

　　欧阳修的质疑是有道理的。为国选才的选拔性考试，选择的是能成为国之栋梁的人才，甚至可以说关乎社稷民生，这种情况下，如果考生完全合格、没有问题，这样还不被选中，那就一定是选拔者的问题了。欧阳修感叹道："而有司弃之，可怪也！"

欧阳修首先指出的问题是"尺度"问题。"有司敛群才，操尺度，概以一法，考其不中者而弃之。虽有魁垒拔出之才，其一累黍不中尺度，则弃不敢取。"主持考试的部门，替国家选拔人才，只规定了一种衡量文章质量和人才的标准尺度，按照这个标准进行取舍，只要不符合此标准，无论考生水平达到何等好的程度都一并舍弃。这不是一种选拔人才的态度。这种态度有两个问题，其一，主持考试的部门所定的尺度是否是合理而有益的，这种有益不仅是针对考生的考核，更要考虑到对国家未来发展的需要。其二，死板地采用一种标准，并且毫无回环商量的余地，为了考中，考生们就只能模仿这一种文风标准，就会造成死板的、形式主义的文风，形式主义的文风会导致思想僵化死板，只求符合标准而没有创见的人，选出这样的人，对一个国家、一个民族都只能是悲剧。

曾巩落第之时，北宋科举考试所秉持的选拔人才的文章"尺度"，是"太学体"的文章标准。太学体在中国文学历史上存在时间很短，所指的是风格险怪奇涩的文体。当时科举考试时，这种风格正广为流行，"时士子尚为险怪奇涩之文，号'太学体'"。这种文体始自太学讲官石介。

北宋初期，文坛流行西昆体文章，这种文章"穷妍极态，缀风月，弄花草，淫巧侈词，浮华篡祖"。石介非常厌恶这种风格的文章，作《怪说》三篇猛烈抨击，并提出了"文恶辞之华于理，不恶理之华于辞"的论调。他的这种论调在太学生中影响极大，形成了险怪奇僻的"太学体"。为了反对浮华的西昆体，矫枉过正产生了太学体。这种文章缺乏古文的平实质朴，又反对典雅的骈文，实际上并不值得称赞。但在曾巩参加考试的时候，偏偏就是太学体当道，虽然欧阳修以为怪，却暂时还无能为力。

曾巩参加科举考试，颇经历了一番波折。曾巩等昆弟六人都在参加科举考试，但几次应试都以落第告终。"里人有不相悦者，为诗以嘲之曰：'三年一度举场开，落杀曾家两秀才。有似檐间双燕子，一双飞去一双来。'"但他们不以为意，继续苦学。"嘉祐初，与长弟及次弟牟文肃公、妹婿王补之无咎、王彦深，几一门六人，俱列乡荐。将入都赴省试，子婿拜别朱夫人于堂下，夫人叹曰：'是中得一人登名，吾无憾矣。'榜出唱第皆在上列，无有遗者。"（《挥麈后录》）从名落孙山到六人皆上榜，这不能不说是一个奇迹。但曾巩进士及第时，已经三十五岁，因为所谓的统一的尺度,虚掷大量时光。

标准由人指定,由人掌握。在欧阳修看来,如果主持考试之人能够合理灵活地把握尺度,也是可以避免优秀考生落榜的情况发生的。但实际上,情况却不是如此,一方面存在"良有司",他们能够看懂文章好坏,但他们只会在原有的尺度中选拔人才,明知考生可能会被不合理的标准耽误,也不愿意录取。反而把责任推卸到"尺度"和制度身上,说:"有司有法,奈不中何?"这种所谓的"良有司"之"良",仅仅指有阅读文章的眼光,而在为国选才这种大事上,采取虚与委蛇的态度,摆出一副貌似公正却冷酷不堪的样子,实在是众多考生的悲哀。更使人悲哀的是,还存在另一种考官,他们连定好的"尺度"都无法很好地把握,使那些按照"尺度"作文的考生也会被挡在选拔之外。

欧阳修对于科场中文体的问题早有感受,他在参加考试应举的时候也曾因为这个问题落榜过。这使得他对于包括曾巩在内的很多考生的经历感同身受,针对这种科场弊端,欧阳修质疑道:"何其久而不思革也?"欧阳修既对曾巩落榜表示出自己的同情,为他鸣不平,也表达出对此做出改变的期望。欧阳修改革科场考试弊端的努力,在嘉祐二年得以实现。这一年,欧阳修主持科举考试,凭借自己手中的权力,他大胆改革之前的陋习,排斥太学体的文章,"凡如是者辄黜","场屋之习,从是遂变"。欧阳修主持的这次考试,选拔了很多优秀的人才,苏洵、苏轼、苏辙、曾巩等人都是在这次考试中被选拔出来的,他们后来都位列唐宋八大家之中,成为国家可以依靠的人才;同时,这次考试也成功地改变了科场文风,这种文风作为一种指导方针间接影响了宋代文坛的风气。牵一发而动全身,科举考试的影响如此之大,也难怪欧阳修对科场弊端如此深恶痛绝。

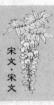

国家设置考试,主要目的是铨选人才。品学兼优的人才是国家能够发展的希望,也是关系到国家命运的问题。中国在唐宋时期确立的文官选拔考试制度,在当时的世界上都是非常先进的。这种考试形式有效地削弱了贵族集团对国家权力的控制,从更大范围内选择优秀人才,充实、丰富统治阶层的人才结构。借助科举考试,文官集团迅速形成,虽然这些人还是为封建君主服务的,但相对于君主独裁,无疑是一种巨大的进步。更有甚者,科举考试还会直接影响国家的教育导向:通过科举的引导,是教育出一批无原则、无利害、无喜怒的奴才,还是培育出一批心灵活泼、内心充实、有想法、有追求的英才,其关键就在于考试本身的内容与制度建设了。科举之影响大矣,欧阳修之见识足够长远。

虽然如此,文章是赠别、勉励未考中的曾巩,不合理的考试制度,使得曾巩

落第,因而欧阳修遂又回到这一主题:

> 曾生不非同进,不罪有司,告予以归,思广其学,而坚其守。予初骇其文,又壮其志。夫农不咎岁,而蓄播是勤,其水旱则已,使一有获,则岂不多耶!曾生橐其文数十万言来京师,京师之人无求曾生者,然曾生亦不以干也。予岂敢求生,而生辱以顾予,是京师之人既不求之,而有司又失之,而独余得也。于其行也,遂见于文,使知生者可以吊有司,而贺余之独得也。

　　文章中,欧阳修赞美落榜失意的曾巩"不非同进,不罪有司,告予以归,思广其学,而坚其守"之美德,"予初骇其文,又壮其志",突现了这位青年英才的杰出品德和优秀文才。欧阳修以农民不因为灾年而停止劳作的例子,肯定了曾巩再接再厉的想法,给曾巩精神的鼓励,毕竟,给人以希望的力量远强于表示廉价的同情、安慰。落第的曾巩,并不怨天尤人,而是很平和淡远地返回家乡,"思广其学,而坚其守",其文章杰出,而人品更为优秀。

　　这篇名为宽慰曾巩的赠序,因为欧阳修对科举的严重关注,变成了一篇质疑科场弊端的问责,整篇文章立意高远且极有章法,层层进逼,步步追问的方法,显示出强大的逻辑力量。赠序,即传统的赠人以言美于金玉的思想,勉励鼓舞,催人奋进。欧阳修把科场的弊端归结到主考人员不思改革的问题上,又引出僵化的"尺度"对人才的危害,突出全文的核心问题,把问题推到不得不解决的风口浪尖上。从这篇文章中,已经可以看出欧阳修静侯机会以改革科场弊端的想法,历史证明了欧阳修的远见卓识,铨选英才、改革科场文风进而影响北宋文坛古文改革的努力即将开始。

宋文·宋文

胆气浩然，折冲万里
——欧阳修《与高司谏书》与《朋党论》

范仲淹为人正直，勇于议论朝政得失，无所顾忌。明道二年（1033），因谏止宋仁宗废后而贬睦州。景祐三年（1036）以天章阁待制出任京兆尹，因上"百官图"，揭露宰相任人之私，又献"四论"，指陈朝政得失，触怒了权势熏炎的宰相吕夷简。吕夷简深怀忌惮，但表面上显得很是宽容，却暗地里中伤范仲淹；宋仁宗遂指责范仲淹离间大臣，侥幸进取，贬谪范仲淹为饶州（今江西鄱阳）太守。宋仁宗盛怒之下，大臣们或保持沉默，或阿谀承顺，纷纷指责公忠体国的范仲淹，而太子中允尹洙、秘书丞余靖、馆阁校勘欧阳修皆愤慨于士风不正，公道难明，上书论救；朝廷却指责他们为朋党——结党营私。于是，尹洙、余靖干脆上书：倘若一定认定他们为朋党，请将他们与范仲淹一同贬官。司谏高若讷在事件之初，首鼠两端，明哲保身，沉默不语，当形势明朗，宰相吕夷简获得了仁宗的支持，范、余、尹三人处于同时被贬谪的境地时，反而积极地罗织范、余、尹三人平日言论，侃侃而谈，欲证成他们结党营私。在此情状下，欧阳修给高若讷写了一封信，即《与高司谏书》，敦请其明辨是非曲直，营救范、余、尹三人，还以公道，以振奋士风人心，张扬正气。然而，高若讷却将这封私人信件送到朝廷，将欧阳修也一同视为朋党，欧阳修被贬为夷陵（今湖北宜昌）县令。

谏官，品阶虽低，职权却重，是清要之官。在朝廷之上，可以随时上书，提出意见，监督大臣，批评朝政。欧阳修对谏官，有着清醒的认识和很高的期待，明道二年（1033），范仲淹为右司谏时，欧阳修有《上范司谏书》表示祝贺，并坦承了自己对谏官一职的认识和期待：

> 司谏，七品官尔，于执事得之不为喜，而独区区欲一贺者，诚以谏
> 官者，天下之得失，一时之公议系焉。今世之官，自九卿百执事外，至一

郡县吏，非无贵官大职可以行其道也，然县越其封，郡逾其境，虽贤守长不得行，以其有守也。吏部之官，不得理兵部，鸿胪之卿，不得理光禄，以其有司也。若天下之失得，生民之利害，社稷之大计，惟所见闻，而不系职司者，独宰相可行之，谏官可言之尔。故士学古怀道者，仕于时，不得为宰相，必为谏官。谏官虽卑，与宰相等，天子曰不可，宰相曰可；天子曰然，宰相曰不然。坐乎庙堂之上，与天子相可否者，宰相也。天子曰是，谏官曰非；天子曰必行，谏官曰必不可行。立殿陛之前，与天子争是非者，谏官也。宰相尊行其道，谏官卑行其言，言行，道亦行也。九卿百司，郡县之吏，守一职者，任一职之责。宰相、谏官，系天下之事，亦任天下之责。然宰相九卿而下，失职者受责于有司，谏官之失职也，取讥于君子。有司之法行乎一时，君子之讥著之简册而昭明，垂之百世而不泯，甚可惧也。夫七品之官，任天下之责，惧百世之讥，岂不重邪？非材且贤者，不能为也。

谏官品级虽低，不过七品，但职权重大，天下之事，皆在其论谏职责之内，超过了朝廷百官、郡县之官吏，可以和天子争是非，几乎与宰相同等。谏官对内政外交，皆应该直辞正色，面争廷论，所争者天下之大事，系乎天下之安危，绝不可因循守旧，阿谀逢迎，丧失原则。而高若讷的所作所为，完全违背了谏官的基本职责，欧阳修作书劝导，心存忠厚，希望他能够发挥谏官的职权；但也针砭讥讽，对他进行公然的挑战。《与高司谏书》颇能体现欧阳修文章的平易自然、委婉曲折的特点。文章一开始就写得极其平和：

宋文·宋文

> 修顿首再拜，白司谏足下：某年十七时，家随州，见天圣二年进士及第榜，始识足下姓名。是时予年少，未与人接，又居远方，但闻今宋舍人兄弟与叶道卿、郑天休数人者，以文学大有名，号称得人，而足下厕其间，独无卓卓可道说者，予固疑足下，不知何如人也。

写作此文时，正是矛盾激化之际，欧阳修对高若讷身为谏官的不作为，反而落井下石之行为，极其愤怒；但在行文之时，却写得极为平和自然，追述往事，从容不迫。欧阳修说自己十七岁时，作为一外郡少年，见闻寡陋，只是从进士及第榜上，知道了高若讷这样一个名字，而有声名的却是宋祁兄弟、叶道卿、郑天休等人，高若讷能与他们的名字列在一起，虽然高氏并无可以称道的地方，想来也应该是一位有才能的人吧。"予固疑足下，不知何如人也"，以怀疑的口吻说，本来就怀疑，高若讷是一个有才能之人呢，还是无才能之人；是一个有品德之人呢，还是一无品德之人。文虽委婉，却画出了高若讷"独无卓卓可道说者"的形象，颇具力度。以下，文章又进而叙说对高若讷的认识和观感：

> 其后更十一年，予再至京师，足下已为御史里行，然犹未暇一识足下之面。但时时于予友尹师鲁问足下之贤否，而师鲁说足下："正直有学问，君子人也。"予犹疑之。夫正直者，不可屈曲；有学问者，必能辨是非。以不可屈之节，有能辨是非之明，又为言事之官，而俯仰默默，无异众人，是果贤者耶？此不得使予之不疑也。

十一年后，欧阳修第二次入汴梁，高若讷在京，犹未识面。欧阳修从侧面向尹师鲁询问高若讷贤否，欧阳修对"正直有学问，君子人也"的评价，表示出极大的怀疑，并深刻地分析了正直而有学问的人，必能明辨是非，身为谏官，则应当直辞正色，面争廷论，而不应随波逐流，无操守，无见解，因而欧阳修怀疑高若讷并非"君子"。高若讷所作所为之客观事实，"此不得使予之不疑也"，语气虽委婉含蓄，但表达思想情绪，力透纸背。认定高若讷非君子，文章却引而不发，转而写高若讷之另一面：

> 自足下为谏官来，始得相识。侃然正色，论前世事，历历可听，褒贬是非，无一谬说。噫！持此辩以示人，孰不爱之？虽予亦疑足下真君子也。是予自闻足下之名及相识，凡十有四年而三疑之，今者，推其实迹而较之，然后决知足下非君子也。

高若讷很是圆滑，论前朝事，因无利害冲突，"侃然正色""历历可听，褒贬是非，无一谬说"，是其有学问、能明辨是非的表现，似乎是君子；而身为谏官，对当朝时事，或保持沉默，或首鼠两端，乃其非正直的表现，绝非君子。欧阳修从知其名到识其人，十四年间三次怀疑高若讷之为人，亦可见高若讷之善于伪装，而从范仲淹被贬事件则可以明确推知，高若讷绝非君子。欧阳修用"固疑足下，不知何如人也""此不得使予之不疑也""虽予亦疑足下真君子也""决知足下非君子也"四个层次的叙述，为高若讷画了一个像，将其庸碌、圆滑、自私、善于伪装、首鼠两端的品性表现得淋漓尽致。

文章至此，则深入剖析高若讷在范仲淹事件中的"实迹"：

前日范希文贬官后，与足下相见于安道家。足下诋诮希文为人。予始闻之，疑是戏言；及见师鲁，亦说足下深非希文所为，然后其疑遂决。希文平生刚正、好学、通古今，其立朝有本末，天下所共知。今又以言事触宰相得罪，足下既不能为辨其非辜，又畏有识者之责己，遂随而诋之，以为当黜，是可怪也。

高若讷在形势明朗之后，见风使舵，由其前之不言，转而公开诋毁范仲淹之为人，并非就事论事，明辨是非，而是进行人身之攻击。范仲淹"平生刚正、好学、通古今，其立朝有本末，天下所共知"，高若讷自然也是了解范仲淹的，不能为之辩护，却落井下石，攻击范仲淹，借以表示谏官之"尽职责"。欧阳修以"疑是戏言""其疑遂决""是可怪也"，表达了对高若讷拙劣行为的鄙视，并进而剖析高若讷内心深处之卑劣：

夫人之性，刚果懦软，禀之于天，不可勉强。虽圣人亦不以不能责人之必能。今足下家有老母，身惜官位，惧饥寒而顾利禄，不敢一忤宰相以近刑祸，此乃庸人之常情，不过作一不才谏官尔。虽朝廷君子，亦将闵足下之不能，而不责以必能也。今乃不然，反昂然自得，了无愧畏，便毁其贤以为当黜，庶乎饰己不言之过。夫力所不敢为，乃愚者之不逮；以智文其过，此君子之贼也！

宋文·宋文

·027·

文章于此后退一步，认为人之本性有刚果懦软，倘若高若讷是懦软之人，顾惜自己的利益，只是"庸人之常情"，乃"不才谏官"，尚可怜悯。可是，高若讷并非如此，而是见风使舵，阿谀逢迎，又对范仲淹落井下石，残酷打击，以其才智掩饰恶劣的行为，此乃"君子之贼"也，更为可恶可鄙！直是愤怒和痛骂，却又表现得如此委婉曲折。于此，文章又进而从另一层面来论述：

且希文果不贤邪？自三四年来，从大理寺丞至前行员外郎、作待

制，日日备顾问，今班行中无与比者。是天子骤用不贤之人？夫使天子
待不贤以为贤，是聪明有所未尽，足下身为司谏，乃耳目之官，当其骤
用时，何不一为天子辨其不贤，反默默无一语；待其自败，然后随而非
之。若果贤邪？则今日天子与宰相以忤意逐贤人，足下不得不言。是则
足下以希文为贤，亦不免责；以为不贤，亦不免责，大抵罪在默默尔。

欧阳修于此运用其清楚有力的逻辑思辨，深刻地剖析。如果说范仲淹果真
不贤，但三四年来，位尊权重，备皇帝顾问，"今班行中无与比者"，品性、才能超
群，事实历历具在，足可证明范仲淹实为不可多得的贤人。并且，欧阳修于此设
一个二难推理：如果范仲淹不贤，身为谏官的高若讷并未能尽职尽责劝谏，使皇
帝骤用不贤之人，乃失职；如果范仲淹贤能，贤人遭贬谪，高若讷理应尽职尽责
劝谏，"不得不言"，使皇帝不能贬谪贤能。而今高若讷不能劝谏，却恶意攻击范
仲淹，其无操守、见风使舵的小人行径和小人本性，暴露无遗了。倘若欲作一个
惜官保位之人，身为司谏而保持沉默，仅仅承担沉默不言的罪责罢了。文章还以
汉代萧望之和王章的事例来论证，高若讷号称有学问，而"有学问者，必能明辨
是非"，应该是很清楚这一历史事件及其是非曲直的，因而欧阳修说："是直可欺
当时之人，而不可欺后世也。今足下又欲欺今人，而不惧后世之不可欺耶？况今
之人未可欺也。"批判的矛头直指高若讷，而且明确指出历史不可欺，今之人亦
不可欺，欧阳修之肝胆俱张，风神毕现。

文章指出，当今皇帝进用谏臣，容纳言论，正是大有为之时：

　　足下幸生此时，遇纳谏之圣主如此，犹不敢一言，何也？前日又闻
御史台榜朝堂，戒百官不得越职言事，是可言者惟谏臣尔。若足下又遂
不言，是天下无得言者也。足下在其位而不言，便当去之，无妨他人之
堪其任者也。昨日安道贬官，师鲁待罪，足下犹能以面目见士大夫，出
入朝中称谏官，是足下不复知人间有羞耻事尔！所可惜者，圣朝有事，
谏官不言，而使他人言之，书在史册，他日为朝廷羞者，足下也。

高若讷身在谏职，当言而不言，尸位素餐，却昂然自得，出入朝中称谏官，欧
阳修直斥其"不复知人间有羞耻事"，而且书在史册，使朝廷蒙羞。斥骂高若讷，
痛快淋漓，但也给高若讷留有余地："《春秋》之法，责贤者备"，之所以如此，乃以

贤者来期许高若讷,期望高氏能够为范仲淹事件而出面谏诤;又表现出勇敢决绝的精神:

> 若犹以为希文不贤而当逐,则予今所言如此,乃是朋邪之人尔,愿
> 足下直携此书于朝,使正予罪而诛之,使天下皆释然,知希文之当逐,
> 亦谏臣之一效也。

一方面,重视高若讷,以贤者来期许、劝勉,希望高氏能够尽快觉悟;另一方面,又极为藐视高若讷,对其提出公然的挑战,倘若高氏认为范仲淹不贤,而欧阳修自己救助之,乃是朋邪之人,将此书信告之朝廷,将范仲淹、欧阳修一同贬逐,也算高氏发挥了谏官的作用。文章最后则说:"前日足下在安道家,召予往论希文之事。时坐有他客,不能尽所怀,故辄布区区,伏惟幸察,不宣。修再拜。"颇为平易和畅,从容不迫,体现出欧阳修那种胆气浩然、勇往直前的内在精神力量,以及闲雅从容的气度。

这是一篇辛辣而又严正的政论文,激于义愤而作,理直气盛,却具有作者所独有的从容不迫、纡徐婉转、曲折晓畅的风格。可以看出,作者对高若讷的观感是在不断变化着的:由最初对于高的忽视,而发展为轻视,又反过来变成重视,终于完全加以鄙视。从作者的内心感受的抒写中,这个"全躯保妻子之臣"的可鄙而又可怜的形象,终于明晰地浮现在读者眼前。此后,又进一步正面地提出了这种看风使舵的作风对于国家的危害性。一方面毫不留情地痛斥他"不复知人间有羞耻事",一方面又留有余地,希望他能够及早回头;在对他进行劝诫的同时,又对他进行公然的挑战。这说明欧阳修在写这封信时,感情是很复杂的,作者所注重的是国家的利益,而非个人意气。这封信不仅鲜明地表现了一位作家的艺术风格,更表现了一位政治家的政治风节。此书理直气壮,文辞虽婉转而极犀利,代表了欧阳修早期文章风格的一面。此文胆气浩然,可以折冲万里。高若讷还是将此书信上奏宋仁宗,欧阳修被贬为夷陵县令。

此一事件,在当时影响甚大。为此,蔡襄撰写了《四贤一不肖诗》,传诵一时。所歌咏者四贤乃范仲淹、余靖、尹洙、欧阳修,所批评者一不肖为高若讷。四贤为朝中鸾鹤,昂昂孤立,驰骋古今无所遗,乃不世出之国家栋梁,却不幸遭受贬谪。而高若讷职在谏司,胸无天地中和诚明之气,不能尽其谏诤之职责,反而落井下石,"袖书乞怜天子傍","司谏不能自引咎,复将己过扬当时。四公称贤尔不肖,

逶言易入天难欺。朝家若有观风使,此语请与风人诗。"极为形象地刻画了高若讷卑琐的灵魂。

贬官夷陵,对欧阳修来说,未必是不幸。离开朝廷,来到偏僻的夷陵,欧阳修接触大量的具体事务,接近社会下层百姓,了解民风民情、社会状况,能够"周达民事,兼知宦情",使其具有了务实求真的精神。欧阳修后来在《与焦殿丞书》中说:"某尝再为县令,然遂得周达民事,兼知宦情,未必不为益。"而且,《容斋随笔》卷四引张芸叟与石司理书,记载了欧阳修贬官夷陵的事迹:

> 顷游京师,求谒先达之门,每听欧阳文忠公、司马温公、王荆公之论,于行义文史为多,唯欧阳公多谈吏事。既久之,不免有请:"大凡学者之见先生,莫不以道德文章为欲闻者,今先生多教人以吏事,所未谕也。"公曰:"不然。吾子皆时才,异日临事,当自知之。大抵文学止于润身,政事可以及物。吾昔贬官夷陵,方壮年,未厌学,欲求《史》《汉》一观,公私无有也。无以遣日,因取架阁陈年公案,反复观之,见其枉直乖错,不可胜数,以无为有,以枉为直,违法徇情,灭亲害义,无所不有。且夷陵荒远偏小,尚如此,天下固可知也。当时仰天誓心曰:'自尔遇事不敢忽也。'"是时苏明允父子亦在焉,尝闻此语。

显然,夷陵之贬,客观上给欧阳修提供了深入社会下层的机遇。欧阳修为文,主张明道、行道,说"我所谓文,必与道具",就是说,文与道是相辅相成、不可分离的。在《与张秀才第二书》中,批评明道"舍近取远,务高言而鲜事实",主张:

> 君子之于学也务为道,为道必求知古,知古明道,而后履之以身,施之于事,而又见于文章而发之,以信后世。其道,周公、孔子、孟轲之徒常履而行之者是也。其文章,则六经所载,至今而取信者是也。其道易知而可法,其言易明而可行……孔子之后,惟孟轲最知道,然其言不过于教人树桑麻、畜鸡豚,以为养生送死为王道之本……而其事乃世人之甚易知而近者,盖切于事实而已。

在欧阳修看来,道乃切于事实,关乎民生社稷,在具体的日常生活中体现,并非高远玄虚之说。因而,欧阳修从实际出发,不尚空谈,不重玄理,文章指事造实，自然平易。

庆历四年（1044），欧阳修为谏官，与宰相范仲淹、富弼、韩琦相厚善，而欧阳修论事，本着公忠体国的思想，一意径行，略不以形迹嫌疑为避讳，这几位政治、文坛的要人，遂被视为朋党。此事也是景祐年间贬逐范仲淹、欧阳修事件的继续，为此，欧阳修作《朋党论》，阐明对朋党的认识，指出君子"以同道为朋"，小人"以同利为朋"，是有着根本的区别。文章开篇，首先提出朋党之说，并加以辨析："臣闻朋党之说，自古有之，惟幸人君辨其君子小人而已。大凡君子与君子以同道为朋，小人与小人以同利为朋，此自然之理也。"关键在于皇帝能够辨别君子之朋与小人之朋的区别，文章遂剖析这一区别：

> 然臣谓小人无朋，惟君子则有之。其故何哉？小人所好者禄利也，所贪者财货也。当其同利之时，暂相党引以为朋者，伪也；及其见利而争先，或利尽而交疏，则反相贼害，虽其兄弟亲戚，不能相保。故臣谓小人无朋，其暂为朋者，伪也。君子则不然。所守者道义，所行者忠信，所惜者名节。以之修身，则同道而相益；以之事国，则同心而共济；终始如一，此君子之朋也。故为人君者，但当退小人之伪朋，用君子之真朋，则天下治矣。

小人之朋党，乃为私利之暂时结合，往往"利尽而交疏"，则互相侵害；而君子之朋党，乃共守道义，行忠信，爱名节，始终如一，修身齐家治国平天下，皆能同心共济。因而，皇帝"退小人之伪朋，用君子之真朋"，就可以达到天下大治。并从历史上来论析，历来帝王，凡用君子之真朋者，皆能长治久安，天下大治；凡禁绝君子之真朋者，无不亡国，"纣之时，亿万人各异心，可谓不为朋矣，然纣以亡国"，并列举了历史上几次著名的禁绝朋党之事件：

> 后汉桓灵时，尽取天下名士囚禁之，目为党人。及黄巾贼起，汉室大乱，后方悔悟，尽解党人而释之，然已无救矣。唐之晚年，渐起朋党之论，及昭宗时，尽杀朝之名士，或投之黄河，曰："此辈清流，可投浊流。"而唐遂亡矣。夫前世之主，能使人人异心不为朋，莫如纣；能禁绝善人为朋，莫如汉桓灵；能诛戮清流之朋，莫如唐昭宗之世，然皆乱亡其国。

善用君子之朋者,国家兴盛;凡禁绝朋党者,皆国灭身死,两相对照,其意自明。因此,文章之结论曰:"夫兴亡治乱之迹,为人君者,可以鉴矣。"文章劝诫当朝皇帝,列举史实,针砭时弊,痛快淋漓而无所顾忌。这篇文章,文法谨严,语言平易,前段明辨君子小人之朋,后段又以兴亡治乱,反复推说,以其忠诚刚正之意,开悟仁宗,明辨君子、小人之区别,任用君子之朋而经世济民,以期长治久安。

欧阳修为人平易随和,不争名利,谦退谨慎,爱才若渴,但很有操守,正道直行,绝不曲意逢迎而改变自己的人生宗旨,正直敢言,勇于任事,注重在日常生活、事务中推行儒家之道,又能够超然于世俗之外,晚年所作的《六一居士传》颇能代表其思想境界:

> 六一居士初谪滁山,自号醉翁。既老而衰且病,将退休于颍水之上,则又更号六一居士。客有问曰:"六一何谓也?"居士曰:"吾家藏书一万卷,集录三代以来金石遗文一千卷,有琴一张,有棋一局,而常置酒一壶。"客曰:"是为五一尔,奈何?"居士曰:"以吾一翁,老于此五物之间,是岂不为六一乎?"客笑曰:"子欲逃名者乎?而屡易其号。此庄生所诮,畏影而走乎日中者也。予将见子疾走大喘渴死,而名不得逃也。"居士曰:"吾固知名之不可逃,然亦知夫必逃也。吾为此名,聊以志吾之乐尔。"客曰:"其乐如何?"居士曰:"吾之乐可胜道哉!方其得意于五物也,太山在前而不见,疾雷破柱而不惊,虽响九奏于洞庭之野,阅大战于涿鹿之原,未足喻其乐且适也。然常患不得极吾乐于其间者,世事之为吾累者众也。其大者有二焉:轩裳珪组,劳吾形于外;忧患思虑,劳吾心于内,使吾形不病而已瘁,心未老而先衰,尚何暇于五物哉!虽然,吾自乞其身于朝者三年矣,一日,天子恻然哀之,赐其骸骨,使得与此五物皆返于田庐,庶几偿其夙愿焉。此吾之所以志也。"

宋文·宋文

欧阳修品性高洁,为人平实,其文章虽愤激,行文却极其含蓄,自然平易。其从容不迫,体现出为人修养之成熟,也体现出为文艺术的成熟。苏洵《上欧阳内翰第一书》说欧阳修的文章:"纡余委备,往复百折,而条达疏畅,无所间断。气尽语极,急言竭论,而容与间易,无艰难劳苦之态。"切中肯綮,点明了欧阳修文章的根本。欧阳修对文章,一直持有严肃认真的态度,认真写作、修改,一丝不苟,以求严谨畅达。晚年修订文章,用思其苦,其夫人劝曰:"何自苦如此?当畏先生嗔耶?"欧阳修笑着说:"不畏先生嗔,却怕后生笑。"

高轩曲水慰愁颜

——苏舜钦《沧浪亭记》

北宋庆历四年（1044），进奏院祀神的日子。当时，开封城内中央朝廷百司库务，在每年春秋祀神赛神的时候，都会把本衙门年内余留下的物品卖掉，买些酒食，等到祀神的这一天，招呼同衙门的人一起宴饮。今年，苏舜钦提举进奏院，秋季祀神之前，按照旧例，他命人把衙门内留存无用的旧公文纸卖掉，卖得之钱用来招呼衙门内同僚。为此，苏舜钦还自掏腰包，资助十金，而参加者也各出一点钱，酒宴比较丰盛，同时还有余钱邀约军中女乐来演奏助兴。之前，洪州人太子中舍李定也想来参加，但苏舜钦没有同意，李定因而心怀不满，便向御史举告了此事，并在朝野宣扬之。

当时，朝廷中的御史中丞是保守派的王拱辰，他对庆历新政中宰相杜衍、参政知事范仲淹、枢密副使富弼等人力图改革弊政之举不满，正想找借口报复一下。恰好有人举告苏舜钦，他们便借题发挥。苏舜钦因为身份特殊，在这次事件中受到重罚。苏舜钦入仕由范仲淹举荐，而他同时又是宰相杜衍的女婿，弹劾苏舜钦，正是打击范仲淹和杜衍的好机会。御史弹劾苏舜钦监守自盗，结果苏舜钦被罢去官职，参加宴席的十余人都被逐出朝廷。梅尧臣是苏舜钦、欧阳修的好友，也参加了这次宴饮，自然没有逃过追究，他曾为此事作《客至》诗，有曰："客有十人至，共食一鼎珍。一客不得食，覆鼎伤众宾。"梅尧臣用诗的方法简单勾勒这件事情，他的结论是因为一个人没有吃上饭就要掀翻桌案让所有人都难堪，这是一种极端小人的做法。而现实的背景中，更深层的权力斗争和混沌黑暗的思想，则显得更为险恶。刘元瑜也是此案的推波助澜者，落井下石，乘机打击报复。苏舜钦名重天下，所交游者大都为一时俊彦。此次事件，连坐者甚众，同时期的俊彦英才，大都受此牵累，朝廷为之一空。刘元瑜拜谒宰相，无耻地说："聊为相公一网打尽。"此案中，苏舜钦所受处罚最重，被削籍为民。政治斗争残酷、黑

宋文·宋文

暗,这样的严惩是苏舜钦没有料到的。苏舜钦被押解出京,贬谪苏州。

苏舜钦是北方人,原本是个豪爽多才的人。他性格豪放,酒量极大。据说他

苏舜钦像

在杜衍家读书,每天都要喝一斗酒,却不要酒菜。杜衍认为其中有蹊跷,就派家中子弟秘密去察看他饮酒的状况,只听得他高声朗读《汉书·张良传》,读到"良与客狙击秦皇帝,误中副车"一句时,苏舜钦以手拍桌,叹惜道:"可惜呀,没有击中!"于是满饮一大杯。读到"良曰:'始臣起下邳,与上会于留,此天以臣授陛下'"一句时,又拍案说:"君臣相遇,其难如此!"说完,又喝了一大杯酒。杜衍听说此事后,大笑道:"有这样的下酒菜,每天喝一斗酒实在是不多啊!"苏舜钦"《汉书》下酒"也被传为佳话。

《沧浪亭记》就是苏舜钦被贬出京城,流寓苏州时所作的一篇名作。文章曰:

> 予以罪废,无所归。扁舟南游,旅于吴中,始僦舍以处。时盛夏蒸
> 燠,土居皆褊狭,不能出气,思得高爽虚辟之地,以舒所怀,不可得也。

开篇直接点出"罪废"而无所归依的生存状态,其内心的孤愤郁勃,实在是无法压抑了。湿热沉闷的天气,苏州房屋的褊狭,皆令其压抑,"不能出气"——既是湿热的自然环境的导致的,也是沉重的政治打击下的心怀不舒畅。此时,苏舜钦所需要的与其说是身体感官上的舒适,不如说内心苦闷、郁结需要有所排遣,内心的需求可能所占的成分更高一些。作为一个能读《汉书》下酒的豪爽之人,无辜地被弹劾罢官,心中的委屈肯定很多,但这样的人不会一直沉浸在负面的心理之中,他需要在山水林泉之间尽快找到可以排遣情绪的地方,以此来获得心理上的平衡。而思得高爽之地,以排遣郁勃难平之气,颇为自然地引出了建造亭子之事。可以说,文章交代缘起,很是自然而简洁。

> 一日过郡学,东顾草树郁然,崇阜广水,不类乎城中。并水得微径
> 于杂花修竹之间。东趋数百步,有弃地,纵广合五六十寻,三向皆水也。
> 杠之南,其地益阔,旁无民居,左右皆林木相亏蔽。访诸旧老,云:"钱氏

有国，近戚孙承右之池馆也。"岘隆胜势，遗意尚存。予爱而徘徊，遂以钱四万得之，构亭北碕，号"沧浪"焉。前竹后水，水之阳又竹无穷极。澄川翠干，光影会合于轩户之间，尤与风月为相宜。

苦闷无聊之际，于无意之中，苏舜钦看到吴越王钱缪的亲戚孙承祐留下的池馆。此地甚佳，三面环水，地方宽阔，池馆左右都被林木遮蔽着，更妙的是，此地四周没有居民，住在这里能独得闲处之妙。苏舜钦买下此地，在此筑亭，取名"沧浪亭"。"沧浪"一词源于《楚辞·渔父》，说的是屈原遭放逐，"游于江潭，行吟泽畔，颜色憔悴，形容枯槁。"在江边，一位渔翁认出了他，问他为什么会落到这般地步，屈原说："举世皆浊

沧浪之水

我独清，众人皆醉我独醒，是以见放。"渔父不同意屈原的想法，认为圣人要"不凝滞于物"，要学会"与世推移"，随波逐流，而屈原坚持认为与其同流合污，"蒙世俗之尘埃"，还不如"赴湘流，葬于江鱼之腹中"。渔父莞尔而笑，鼓枻唱歌曰："沧浪之水清兮，可以濯吾缨；沧浪之水浊兮，可以濯吾足。"意思是如果天下清明，太平盛世，你就出来做官，展示自己的才华；天下浑浊动乱，你就保全自身，韬光养晦。苏舜钦建沧浪亭以"沧浪"命名，是有自己的用心的。亭台建好之后，苏舜钦请欧阳修为其园作诗，中间有两句"清风明月本无价，可惜只买四万钱"，既有祝贺之义，突出沧浪亭风景之绝佳，也有一丝谐谑调侃。

苏舜钦选中的这块地方，极其僻静，不只附近没有居民居住，甚至连闲极无聊的江村野老都很少来这个地方。亭台面前是竹林，背后是流水，水的对岸又是竹林，在竹林、流水掩映之下，就只有苏舜钦一个人独享这一片清风明月流水。苏舜钦正是要借助这沧浪之水来濯洗自己心灵上所遭受的创伤，而保持心灵的高洁。处于这样的绝胜美丽中，苏舜钦能够自得其乐：

宋文·宋文

予时榜小舟，幅巾以往，至则洒然忘其归，觞而浩歌，踞而仰啸，野老不至，鱼鸟共乐。形骸既适则神不烦，观听无邪则道以明。返思向之汩汩荣辱之场，日与锱铢利害相磨戛，隔此真趣，不亦鄙哉！

苏舜钦流连忘返。沧浪亭侧，与苏舜钦相伴的是光影、风月和流水。在这个完全属于自己的小世界中，苏舜钦可以纵情饮酒；可以独居啸傲，水中鱼、天际鸟可以与他共乐，得天光物趣之真。苏舜钦遂产生了"形骸既适则神不烦，观听无邪则道以明"的体悟——形体放松舒适则精神澄澈，耳闻目睹皆乃无邪，才可以明白体悟道了。这两句看似文辞形式上对仗，表现在苏舜钦身上，却是完全不同的两个层面。

苏舜钦原本是从一个斗争残酷的地方来的，时时提防、事事小心，就这样他还是"躺着中了枪"，形神俱疲而又充满委屈地离开了那个让人伤心的地方。到了苏州又因为南北气候差异，不能惬意、自适地生活。一直到拥有了沧浪亭这块地方，完全寂静、完全独立、完全放松、完全自由，官场上的种种刺激慢慢消失，林泉之间，原本充斥胸腹之间的委屈都消散了。这是林泉山水的力量，山林在中国历史中始终有着文化上的意义，能够包容在政治漩涡中伤了、累了的士人，让他们回复心灵的宁静，缓冲一下现实生活对他们的身心的冲击。

苏舜钦的这种心境，是林泉给他带来的，更有自己努力抛却官场上的尘氛，主动与山林接触的努力。然后才是"观听无邪则道以明"。这是文章中转折的地方，在山林中诚然可以获得心灵的宁静，但这种宁静更多来自于感官感受而带来心灵上的静谧，一旦脱离山林是否又会复归烦躁呢？耳濡目染清风明月，内心宁静之后，还要开始反思之前的生活，反思之前生活的意义与问题，这样才可以真正做到突破。这种突破要从个人的遭际上升到整个人生的思考中去。在小小的沧浪亭的静谧而美妙的环境中，苏舜钦的体悟是颇深刻的：

噫！人固动物耳。情横于内而性伏，必外寓于物而后遣。寓久则溺，以为当然；非胜是而易之，则悲而不开。惟仕宦溺人为至深。古之才哲君子，有一失而至于死者，多矣；是未知所以自胜之道。予既废而获斯境，安于冲旷，不与众驱。因之复能平内外失得之原，沃然有得，笑闵万古。尚未能忘其所寓，自用是以为胜焉！

　　所谓"动物"，乃人易于为环境所感动、所影响。人之情，乃天性对外物的自然反映，情欲充塞于心，使人不能安静下来，则一定要在外物中找到寄托，才会舒畅。而外物之寄托，一是寄意于仕宦，一是寄情于自然山水。显然，苏舜钦将两种生存状态对比，进行反思。同样一个人，身处山林能宁静自守，混迹官场则"日与锱铢利害相磨戛"，这是外在环境对人心的影响。苏舜钦认识到，在某一种环境中时间久了，内心自然会受到这种环境中种种因素的影响，特别强调说"惟仕宦溺人为至深"。所谓"仕宦溺人"，其实可以说是权力对人心的侵蚀，权力集中的场所就是历朝历代的官场，而身处官场的人则茫然无所知。可以说，受权力的影响，人大都"异化"了，丧失了基本的人性。在这次被罢官的事故中，苏舜钦获得了一个机会离开原来的环境，竟然因此而获得重新审视自己、反思自己的可能。在沧浪亭，苏舜钦能够做到"安于冲旷，不与众驱"，是自己对自己认识的一次突破。苏舜钦还写有《沧浪亭》五律一首：

　　　　一径抱幽山，居然城市间。高轩面曲水，修竹慰愁颜。迹与豺狼远，心随鱼鸟闲。吾甘老此境，无暇事机关。

　　由此可见苏舜钦对沧浪亭的喜爱，对沧浪亭所包含的思想文化意义的留恋。

　　作为一个传统知识分子，从小受到的是儒家的经典教育，"学而优则仕""得君行道"这些观念是从小就灌输进思想意识中的。苏舜钦和他同龄的人，都是按着社会需要和已经指定好的道路一步步前行，除非天纵之才，恐怕很难主动跳出来主动反思，探讨这个一直遵从的原则是否合适、有没有问题。而这一反思、质疑，则往往会面临离经叛道的指责。只有当他们在仕途中遭受打击，被迫离开这个环境之后，反思的可能性才会出现。山林和佛道思想都在这个时候帮助这些饱受打击的人们安抚内心，重新审视生活。这种思想情感，有批判现实之恶浊的积极意义，也有逃避现实的消极避世思想。

·037·

　　苏舜钦对原本生活的审视与反思，是传统儒家知识分子精神生活的一个典范代表。被规范了的思想在这次反思中开始松动，从精神上摆脱对仕宦生活的习惯需要勇气。文章最后多次提到"胜"这个字，在苏舜钦内心的较量中，今日之我于昨日之我进行了对抗和搏斗，结果是苏舜钦自己获胜了。这个过程中，苏舜钦完成的是一次难得的中国传统知识分子的精神解放。

这篇文章有意学习柳宗元的格调,将写景、叙事、言情融合为一,将复杂的情感和深刻的议论,借助于凝练简洁的语言,委婉曲折地表达出来,颇得柳文之神髓。先从罪废写起,将沉重政治打击下的郁勃难平之气,贯注于文章始终;在沧浪亭美妙风景的描摹中,表现所感受到的乐趣;在此基础上,将其深刻的人生体悟加以阐释,强化文章的思想力度。苏州是苏舜钦思想、文学成熟之地,欧阳修《湖州长史苏君墓志铭》说:苏舜钦"携妻子,居苏州,买水石作沧浪亭,日益读书,大涵肆于六经,而时发其愤懑于歌诗,至其所激,往往惊绝。又喜行草书,皆可爱,故其虽短章醉墨,落笔争为人所传。天下之士,闻其名而慕,见其所传而喜,往揖其貌而竦听其论而惊以服,久与其居而不能舍以去也。"苏舜钦在沧浪亭流连忘返。一日,在沧浪亭观鱼,忽吟诗曰:"瑟瑟清波见戏鳞,浮沈追逐巧相亲。我嗟不及游鱼乐,虚作人间半世人。"诗成,苏舜钦很是感慨,但也隐隐不安。亦有高人以为此诗不祥,人间半世人——寿命不及五十岁啊。果然,时间不久,苏舜钦死了,年未五十,士大夫皆嗟叹惋惜之。

淤泥难染，秉性不夭

——周敦颐《爱莲说》

周敦颐，道州营道（今湖南道县）人，原名敦实，字茂叔，因避宋英宗的讳，改名敦颐，是宋代理学大家，北宋理学濂洛学派的创始人，理学大师程颢、程颐都是他的学生。周敦颐父亲去世早，从小就由母亲携带去投奔时任龙图阁直学士的舅舅郑向。二十四岁时，周敦颐任洪州分宁县主簿。虽然年轻，但在主簿位上，周敦颐善于断狱、不畏权贵、为官清廉，高尚品德令人赞赏。

周敦颐像

庆历五年（1045），周敦颐任南安军司理参军。当时南安监狱中有一名囚犯，按律法不应当判死刑，但转运使王逵是名酷吏，要求严办此人，判死罪，没有人敢与之争辩。周敦颐查实后，据理力争，但王逵听不进周敦颐的意见。为此，周敦颐做好准备弃官不做，他说："如此尚可任乎？杀人以媚人，吾不为也。"王逵为周敦颐这种态度所动，最终同意免去这个囚犯的死刑，并对周敦颐的为人很赞赏，后来推荐周敦颐为郴州桂阳县令。

周敦颐是儒学大师，平生喜爱莲花。北宋嘉祐八年（1063），47岁的周敦颐在江西虔州任通判时，参加友朋同僚组织的郊游，游览罗崖。游山之后，同游的沈希颜在善山山顶建濂溪阁，并请周敦颐题词，周敦颐寄给沈希颜的就是《爱莲说》。《爱莲说》乃其传颂后世的名篇：

水陆草木之花，可爱者甚蕃。晋陶渊明独爱菊；自李唐来，世人甚爱牡丹；予独爱莲之出淤泥而不染，濯清涟而不妖，中通外直，不蔓不枝，香远益清，亭亭净植，可远观而不可亵玩焉。予谓菊，花之隐逸者也；牡丹，花之富贵者也；莲，花之君子者也。噫！菊之爱，陶后鲜有闻；莲之爱，同予者何人？牡丹之爱，宜乎众矣！

说，乃文体之一，从字源上来说，说，即是解释，记述，解释义理，并用自己的意思记述之。以"说"名篇者，最早是《周易》之"说卦"，许慎作《说文解字》。魏晋以来，以说名篇者甚少。"说"的基本要求乃根据经典之义，进一步表达出自己的见解，纵横抑扬，以详赡为上，与"论"之文体要求，大体相同。

文章首先说水陆草木之花，可爱者很多，总括一切花卉，其后，则分三类：陶渊明独爱菊，自唐以来世人皆爱牡丹，而特别指出"予独爱莲"，并且准确形象地把握了莲之特性；其次则赋予三种花以价值判断，写其不同的品格。逻辑层次很清楚，语言极其简洁。

《爱莲说》是一篇借物咏志的文章，文章的核心就是莲花。周敦颐列举了三种花，陶渊明爱的菊花、唐人爱的牡丹花和

他自己喜爱的莲花，这三种花都有所寓意。菊花从陶渊明开始便与隐逸相关联，陶渊明不愿为五斗米折腰，归田隐居之后，亲自从事农业劳动，爱好菊花，饮酒赋诗，菊花遂成为隐逸的象征。唐朝因为君王赏爱牡丹，赏玩牡丹花在唐朝成为风尚，"京城贵游尚牡丹三十余年矣，每暮春，车马若狂，以不耽玩为耻"（唐李肇《国史礼》卷中），牡丹色彩艳丽、姿态雍容华贵，与唐人的审美心态都非常吻合。而作者则表明自己的立场，"独爱莲花"。周敦颐举出莲花的几个特点"出淤泥而不染，濯清涟而不妖，中通外直，不蔓不枝，香远益清，可远观而不可亵玩焉"。描写荷花，勾画出荷花风姿秀丽、清远迷人、超群脱俗的特点，尤其是"可远观而不可亵玩焉"一句，描摹了荷花那种亭亭独立，可供人品赏但始终与赏花人保持一种合理的距离的超然，状态是周敦颐非常欣赏的。

其实，周敦颐论花，意在论人之品性。喜欢菊花的是具有隐士风范的隐者，

周敦颐表示尊敬但并不赞同；牡丹花妖艳妍丽、富贵媚人，多为富贵人家所欣赏，有富贵气、俗艳气；莲花，则君子的象征。不管环境是污浊，还是清爽秀丽，莲花皆能保持自己的高洁清爽，"中通外直，不蔓不枝"，而且香气清新远溢，独立不苟，不可狎玩，品性极其端正高洁。周敦颐身处北宋中期，当时的士林中，追求富贵，享受安逸、享乐的生活风气很盛。周敦颐很不认同此种风气，在他看来一个儒家知识分子应该达到超乎富贵功利的人生境界。因而以莲为喻，歌颂了自己理想的坚贞不渝、洁身自爱的君子情操，流露出不同流俗的高洁品性。周敦颐入仕以来为官清廉，力辩冤狱，晚年著书立说，传道收授徒，他的一生就是淡泊明志，不断在成就"君子"这一儒家的人生境界。前人评论说："《爱莲说》又所以使人知天下至富至贵、可爱可求者，无加于道德，而芥视轩冕，尘视珠玉者也。"

　　《爱莲说》一文问世后传播颇广，郑之侨称"凡塾师童子辈传诵者多"。因为喜爱莲花，熙宁四年（1071）周敦颐任知南康军时，在军衙东侧曾开挖了一口池塘，全部种植成莲花，平日里或独自一人，或同幕僚好友一同赏莲。南宋淳熙六年（1179），理学家朱熹调任知南康军，因为对理学前辈周敦颐十分仰慕，又酷爱《爱莲说》，

便把这里曾经的池塘整修一番，命名为"爱莲池"，又建立"爱莲堂"，并作诗一首："闻道移根玉井旁，花开十里不寻常；月明露冷无人见，独为先生引兴长。"因为喜爱此文，朱熹便替周敦颐建设并命名了一池一堂，以至于有人倒果为因，认为周敦颐是先有这一池一堂而后才作《爱莲说》的。

　　周敦颐所追求的儒家的人生境界，他的学生程颢曾经提到过。在《二程集》里，程颢回忆早年在周敦颐那里接受教诲的时候，周敦颐不断要求他们，要他们去寻找"孔颜乐处"。颜回是孔子的学生，《论语》中提到他，说颜回居住在陋巷，每日一箪食、一瓢饮就能满足，而且感觉到很快乐。孔子对这位弟子的好学精神和精神境界是非常赞同、肯定的，他说："有颜回者好学，不迁怒不贰过。

宋文·宋文

不幸短命死矣,今也则亡。"颜回的好学和他的乐是紧密结合的,颜回好学,关心的并不是纯粹的学术,他的眼光也投放在世道人心、社会政治上,是以一种积极的态度面对这个世界的,而他的快乐正是在这种不断地学习中积累起来的,是纯粹的快乐。

在周敦颐看来,颜回箪食瓢饮的乐趣,才是真正的君子的乐趣。有了这种境界的人,即使人们不堪承受的贫贱也无法影响他的乐趣。这是一种超越了人生功利的态度而得来的内在自省的道德和审美的境界。周敦颐要求学生,自己也一直在实践"孔颜之乐"的思想。周敦颐的仕途虽没有大的波折,有很强的处理实际政务的能力,即使长时间里都是在做州县的小官吏,也能做到一丝不苟,公正廉明。如他任分宁主簿时,有狱久不决,敦颐至,一讯立辨,邑人惊曰:"老吏不如也。"周敦颐的为官声誉甚佳,有很强的务实精神。据说,周敦颐住所的窗前杂草丛生,却从来不清理。有人问他为何,他答道:"与自家意思一般。"意思是,人要与大自然充分融合为一,皆有其生命的意趣。

周敦颐在教诲程颢、程颐兄弟时,曾告诉他们想要获得"孔颜之乐",一定要能够"见其大",这里的"大"就是"体道"。他认为"君子以道充为贵,身安为富,故常泰无不足,而铢视轩冕、尘视金玉,其重无加焉尔。"如果人能真心体会"道",就会超越对功名富贵的庸俗追求和计较,在精神上获得一种高度,得到一种持久的精神上的愉悦。在这种追求中,退隐山林、田园,以隐退的人格求得自己内心的平安是不必要的,周敦颐认为只要能"体道",不必出世修行,也不必隐遁山林,只要在正常的人伦关系中,正道直行,做好一个人,尽到一个人需要尽的义务就可以了。由此可以明白,在传统中国文人中,被大家捧得很高的陶渊明和他的"菊",为什么在《爱莲说》中是与莲花并立的一种人格,而不能替代莲花在周敦颐心目中的地位。

周敦颐很善于教导人,二程随其学习,皆成为大儒。程颢有《秋日偶成二首》:

> 寥寥天气已高秋,更倚凌虚百尺楼。世上利名群蚁蝼,古来兴废几浮沤。退居陋巷颜回乐,不见长安李白愁。两事到头须有得,我心处处自优游。
>
> 闲来无事不从容,睡觉东窗日已红。万物静观皆自得,四时佳兴与人同。道通天地有形外,思入风云变态中。富贵不淫贫贱乐,男儿到此是豪雄。

正道直行,有所坚守,在日常生活中成就"君子"人格,其思想与境界,显然与其师周敦颐一脉相承。周敦颐目睹身边文人士风日渐变化,深感时代气氛的波动,心中感慨,他赞颂莲花的高洁品质同时,也在感慨"同予者何人",希望能找到更多爱莲的同道。黄庭坚赞赏周敦颐:"其人品甚高,胸怀洒落,如光风霁月。廉于取名,而锐于求志;薄于徼福,而厚于得民;菲于奉身,而燕及茕嫠;陋于希世,而尚友千古,博学力行。"周敦颐是一个在日常平凡生活中成就的一位圣贤,《爱莲说》正是其君子人格的宣言。

同为理学家的朱熹显然是周敦颐的同道中人,一百多年后他对"爱莲池""爱莲堂"的修整正好显示了他对这位前辈精神世界的认同和理解。这篇仅有一百一十九字的文章,说出了周敦颐心中孜孜以求的君子人格和精神境界。正像周敦颐的后辈朱熹所讲,陶渊明使菊花成为隐士的代表,周敦颐的提倡和《爱莲说》这篇文章的存在,让莲花成为君子的象征。其文虽短,其所倡导之义可谓大矣。

进德修业，唯勤而已

——曾巩《墨池记》

　　王羲之因书法技艺超群被尊为"书圣"，为后人仰慕，而他的一生也与墨结缘。年少时，王羲之苦练书法，吃饭、走路时手都不停歇。手边没有纸笔，他便在身上写画，久而久之，衣服竟被划破。有时练字忘记吃饭，家人把饭送到书房，王羲之用馒头蘸着墨汁吃，也还觉得津津有味。为了练字，王羲之常在池水边书写，用池水清洗砚台，时间久了，池水尽墨，人称"墨池"。王羲之曾辞官不做，四处游历，所过之处，便会有"墨池"之名流传，现在绍兴兰亭、浙江永嘉西谷山、庐山归宗寺等地都有被称为"墨池"的名胜。

　　庆历八年（1048）九月，曾巩来到临川，凭吊此处王羲之的墨池遗迹。在州学教授王盛邀约之下，写了这篇《墨池记》。曾巩此文不落俗套，并没有纠缠在墨池本身去写，只用简单的两句话勾勒出墨池的地点和形状："临川之城东，有地隐然而高，以临于溪，曰新城。新城之上，有池洼然而方以长。"传说王羲之的墨池非只此一处，曾巩也不对它们进行考证，仅用"岂信然耶"一句带过，显示他的兴趣不在墨池本身。

　　文中，曾巩先后提到两个对王羲之修成书圣有影响的人。首先是正面影响王羲之的"草圣"张芝。《晋书》记载，东汉人张芝苦练书法，练字用的布帛都被写成黑色，并索性把布帛染成黑布，裁剪成衣，穿在身上，如此努力终成"草圣"。王羲之羡慕张芝的苦学精神，在给友人的信札中写道："张芝临池学书，池水尽墨，使人耽之若是，未必后之也。"佩服张芝的书法技艺，钦服张芝为磨炼技艺所做的努力，池水尽墨便是王羲之向张芝学习的具体内容，而这一处处墨池也能算是王羲之对张芝的致敬。

　　另一个人是王述，他是个反面角色。王羲之任会稽内史时，骠骑将军王述与之齐名，而王羲之很鄙薄王述的人品。王述升任扬州刺史后，王羲之成了他的下属。王羲之深以为耻,便辞官不做,并在父母墓前发誓不再出仕为官,不为名利牵绊,也不再与这种庸吏共事。没有王述存在,王羲之恐怕还会在繁文缛节的公务中消耗很长时间,而王述也因为这件事情变相地被人们记住。

辞官之后,王羲之畅游山水,游遍东方诸郡,并曾泛舟出海,一方面感受天地秀美,一方面也有了充分的时间钻研书法,打下了坚实的基础。因为有了宽松的环境与充足的时间,王羲之能够把精力投入到喜好的书法技艺中去,并博采众家之长。《晋书·王羲之传》记载,王羲之的书法水平最初不如书法名家庾翼,到晚年时方达到精妙境界。王羲之早年跟从卫夫人学习书法,后草书改学张芝,楷书改学钟繇,博采众长之后才有"飘若浮云,矫若惊龙"的书法成就。

王羲之书法练习之勤,是非常罕见的,也因此获得高超的技艺和深湛的功力。唐朝张怀瓘《书断》中讲过王羲之的书法入木三分的故事。某位商人生意兴隆,要扩大规模,招牌自然也要随之更换,四处寻找可以做招牌的好木料。凑巧有人拿来一块曾用来祭神的木板,是块上好的木料,只是木板上写满祭祀用的文字。老板叫人把木板上的字擦洗干净,然后用来题写新招牌。谁知擦洗半天后,木板上的毛笔字不仅没有洗掉,反而更加清晰。商人把木板交给木匠,要刨掉表层的痕迹,可刨去两层之后,人们还能看到墨迹。等找来懂书法的老先生一看才知道,上面的字是王羲之的笔迹,笔力深刻有力,竟然已经入木三分。

曾巩写作此文,是熟知这些掌故逸事的,但下笔时却只轻轻带过,仅用极简略的笔墨点出故事,便开始论述王羲之成功的原因:

> 羲之尝慕张芝临池学书,池水尽黑,此为其故迹,岂信然邪?方羲之之不可强以仕,而尝极东方,出沧海,以娱其意于山水之间,岂有徜徉肆恣,而又尝自休于此邪?羲之之书晚乃善,则其所能,盖亦以精力自致者,非天成也。

曾巩的用意在于申明王羲之书法之成就乃是"以精力自致,非天成也"。王羲之书法高明的真正原因来自于摒绝功利之心,专心致志、勤学苦练,并非天生如此。圣贤之人能获得成功,得到众人仰慕,在普通民众心中,或者是其人有令人羡慕的天赋,或者有难以企及的机遇,圣贤的身边总会或多或少围绕一些神秘的力量。成功就不再是一个客观的人对这个世界的征服,而似乎是一种早已注定的天命。曾巩显然不同意这种看法,在他看来,王羲之的存在,首先是其伟大的艺术成就。州学旁边这座墨池，就是王羲之书法艺术成就的一个重要证据。王羲之令今人难以企及的书法成就，首先是勤于用功的结果，今人不如王羲之，主要在于用功不如王羲之，如果说王羲之在成为书圣之路上有什么天赋的话，那他首先是一个"努力的天才"。

学习书法可以如此登峰造极，如此推论，那些"欲深造道德者"，如果学习王羲之也应该可以获得这样的成就。在曾巩看来，书法和修身养性有相通的地方，即两者都无法做到生而知之，想要有所成就，均需要后天的练习和修炼，而修身养性应该要比技艺之习得难度更大。

行文至此，若仅就事论事，文章应有之义似乎已尽。如此写法，在世间常见的那些碑文、碑刻中常见，而曾巩则在题目之外又做一层生发和挖掘。这篇文章是要写给州学的，墨池旧址就在州学之侧，文章可能的阅读者自然以读书的士人为主，王盛求文的目的又是"勉其学者"，求文的针对性与作文的意图完全合拍。曾巩出生在儒学世家，进学后又秉持中正纯和的儒家思想宣扬教化。临川这样的场合，既能追念书圣王羲之的成就与勤勉，又能适时地宣讲儒家道德思想，这样的好机会曾巩是不会错过的。

文章末段，在简略记叙州学教授王盛向他求文的经过以后，文章再度转入议论："推王君之心，岂爱人之善，虽一能不以废，而因以及乎其迹邪？其亦欲推其事以勉其学者邪？"这段话看似是对王盛求文用心的推测，实则是作者自己作记的良苦用心。接着，曾巩又进一步把这一想法推进，他论道："夫人之有一能，而使后人尚之如此，况仁人庄士之遗风余思，被于来世者何如哉！"这时曾

曾巩集

巩作文的用意基本彰显出来，他从王羲之的书法技艺推及"仁人庄士"的教化、德行，勉励人们有"一能"，即能为后人垂记，名留青史，如果能刻苦学习、严格修身，功德自然不可限量。儒家思想中，历来有"三不朽"之说，"太上立德，其次立功，其次立言"，人的生活有限，但士人们可以通过提高个人修养，在这三个方面完善要求自己，能做到这三个方面中的任何一个，都可以达到不朽。三不朽的说法，是帮助儒家知识分子通过修身立德获得一种对抗死亡的力量。立德排在三不朽之首，技艺之习得尚且能为人缅怀，立德之举更是对身心皆有所裨益。曾巩以此为契机，勉励在州学读书的士子更加克己修身以成为品学兼优之士。

本文以"记"为体裁，强调记述为主，曾巩之前"记"的名篇有《醉翁亭记》和《岳阳楼记》。《醉翁亭记》记述山水之间的乐趣，描述山水形状、四季变化，是"记"这种体裁的范式；《岳阳楼记》则通过对洞庭山水的描写，引发出对古仁人之心的议论。曾巩的这篇《墨池记》却把记述的内容作为附属内容，以议论为主，这种写法并不多见。曾巩不是在记述的基础上发表议论，而是记墨池少，论学习多，所记墨池之事，每一事都要引起一次文章议论的转折，一步步把文章导向勉励士人读书向学的结论之中，这种写法可以说《墨池记》脱尽了他人窠臼，独辟蹊径。

宋文·宋文

守道不苟，勇于作为

——曾巩《赠黎安二生序》

　　曾巩在唐宋八大家中是比较低调的一个人，他不像自己的老师欧阳修那样能领导文坛、力纠文风，也不如自己的同年苏轼，声誉显赫、才名卓著。曾巩的文章不十分讲求文采，写得自然淳朴。在唐宋八大家中，曾巩、苏轼等人都被认为是师从欧阳修的，在文风上，曾巩则更接近欧阳修的风格。曾巩的古文，被称为"儒者之文"，他长于叙事和议论，抒情、写景之文相对较少，文章中的感情相对平稳、温和。《宋史·曾巩传》评价曾巩的文章"纡徐而不烦，简奥而不晦，卓然自成一家"。用世俗观点来看，这样的文章不是很容易吸引眼球的，但在当时人们对曾巩文章的评价着实不低。

　　《带经堂诗话》中记载，有一个怪才刘渊才，他称自己平生有五大憾事：第一，恨鲥鱼的刺太多。第二，恨金橘味道太酸。第三，恨莼菜菜性过冷。第四，恨海棠花不够香。第五，恨曾巩不会写诗。后人引用此人之语来诟病曾巩的诗作，但仅仅敢在曾巩的诗歌上发些不符合实际情况的议论，却从未有人敢指摘曾巩的文章水准。曾在南宋任刑部尚书和礼部尚书的陈宗礼评价八大家古文时，认为苏轼的古文可以称得上"奇"，而曾巩的文章才算得上"正"。

　　苏轼与曾巩年龄相差十几岁，但两人是同科的进士，属于同年。苏轼对曾巩之文就比较推崇，当自己家乡的两个后辈，拿着自己写的文章想要找人指点时，苏轼首先想到的是把他们推荐给曾巩。两人得曾巩指点，就有了这篇《赠黎安二生序》。文章说：

　　　　赵郡苏轼，余之同年友也。自蜀以书至京师遗余，称蜀之士曰黎生、安生者。既而黎生携其文数十万言，安生携其文亦数千言，辱以顾余。读其文，诚闳壮隽伟，善反复驰骋，穷尽事理，而其材力之放纵，若不可极者也。二生固可谓魁奇特起之士，而苏君固可谓善知人者也。

交代缘起，且奖掖黎、安二生，认为他们是"魁奇特起之人"，而且擅长文章，"诚闳壮隽伟，善反复驰骋，穷尽事理"，才力纵横，亦见出苏轼之知人也。不久之后，黎生补授江陵府司法参军，临走之前，拜别曾巩，请求曾巩赠序。黎生告诉曾巩，他们二人立志向学，但在故乡曾多次被乡里之人嘲笑，认为他们"迂阔"。二人希望曾巩能给他们赠言，开解一下自己的心结，也能凭借曾巩之名让乡里之人对自己有重新的认识。

黎、安二人被称为"迂阔"，心中之结难以纾解，殊不知他们面对的正是一位大师级的迂阔之人。曾巩借二人之请，撰写这篇文章，也恰好借机为"迂阔"辩护。

曾巩自己就常被人称为"迂阔"。没有考中进士之前，曾巩与兄长因为多次参加科举不中，长期受乡邻的嘲讽。《挥麈后录》记载，三十五岁这年，曾巩与兄长再战科场，仍然失败而归。家中贫穷，几个壮劳力不在家务农却老瞅着科场，还每考必败，这在乡民看来，就是一种不切实际的迂阔行为。乡民就给他们俩编了一个歌谣嘲讽他们再次落榜："三年一度举场开，落杀曾家两秀才。有似檐间双燕子，一双飞去一双来。"嘉祐初年，曾巩兄弟、妹婿共六人又踏上科场，临行前六人拜别家中老夫人，老夫人说：你们六人中只要有一人能考中，我就没有遗憾了。这一刻出榜之后，六人竟然全部考中，一时传为奇谈。

有这样的经历，曾巩对"迂阔"之称毫不陌生。年少时，曾巩给欧阳修写信称自己"寡与俗人合也"，对自己不能与世俗妥协的性格早已经有清楚的认识。因而文章说：

宋文·宋文

> 余闻之自顾而笑。夫世之迂阔，孰有甚于予乎？知信乎古，而不知合乎世，知志乎道，而不知同乎俗，此余所以困于今而不自知也。世之迂阔，孰有甚于予乎？今生之迂，特以文不近俗，迂之小者耳，患为笑于里之人。若余之迂大矣。使生持吾言而归，且重得罪，庸讵止于笑乎？然则若余之于生，将何言哉？谓余之迂为善，则其患若此；谓为不善，则有以合乎世，必违乎古，有以同乎俗，必离乎道矣。生其无急于解里人之惑，则于是焉必能择而取之。

文中写到,听到黎、安二生的请求,曾巩"自顾而笑",这个笑容意味深长。一方面他是能理解两个年轻人被人称"迂阔"后的不安与愤懑;另一方面,曾巩对于"迂阔"有自己的认识,被人称为迂阔时,他的心中可能也会有所不满,但他的心中早有定见,不会轻易为别人的情绪所干扰、左右,曾巩所要做的就只是为自己辩护,而不会牢骚满腹。

曾巩告诉黎、安二生他对"迂阔"的理解和认识。他先说道:"夫世之迂阔,孰有甚于予乎?"相对于自己的"迂阔",黎、安二生的只能算是"小迂"而已。曾巩理解的"迂阔"是"在于信古志道,不与世俗同流",而信古志道在曾巩看来就是他们这些读书人的本分和应该追求的目标。这种目标和信念在世俗人众眼里显然不切实际,或者觉得持有此目标之人与人难以交流。志与道由每个人自己选择,如果选择了"信古志道",就需要为自己的选择去努力,个人的人生信条与行为标准自然会与他人有异,如此,被人称为"迂阔"是必然的,这种关于"迂阔"的嘲讽只能说明自己在秉行自己的道,此时,外人的嘲讽就自然烟消云散,不足称意了。而文末曰:"遂书以赠二生,并示苏君,以为何如也?"真是言已尽而意无穷了。

曾巩科场高中入仕之后,这种"迂阔"其实没有改善。曾巩出知襄州时,朝廷派遣使臣按察各地水利修筑情况,并给流民发放赈灾物品。使者来到襄州,曾巩负责接待招呼。一天宴请使者,座中有客人为调节宴席中的气氛,说道:"昨晚三更时分,有一颗大星坠落在西南方向,动静很大,很快又有一颗小星跟随着它坠落。"曾巩不等其他人发言,马上说:"小星一定是天狗。下面我们谈公事好了。"在外人看来,曾巩在宴会上仍然板着脸要求只谈公事,就是迂阔而不近人情,而曾巩对自己的选择还是安之若素。

这篇序文的立足点是在为"迂阔"辩护,整篇文章都是以"迂阔"为中心布局。因为迂阔不合于世俗,作者也会怀才不遇,心中积累些许不平之气,但文章前两段,曾巩还是在心平气和地讲述自己与黎、安二人的交往,文章进行到一半时还没有露出针对"迂阔"的议论,文章的气与势都把握得非常稳,保持藏而不露。这类文章如果交给韩愈或者苏轼来写,应该早已经在气势上先声夺人了,这就体现出曾巩与苏、韩等人文风上的区别。一直到文章第三段,曾巩才结束为"迂阔"辩护的蓄势,从藏而不露转而开始发表议论。开始议论之后,曾巩在文章推动和经营上也没有表现出咄咄逼人的气势,他一面为两个年轻人开解心中郁结,告诉他们相对于自己的迂阔,他们面对的负面情绪其实不大;文章一转,又开始谈所谓"迂阔"，在他看来应该是有所坚守，不必过分看重世人的评价和讥讽。在这个时候，曾巩文章的含蓄、优雅也体现出来，他摆出自己的认识和理解，却不强迫年轻人一定遵守和接受自己的观点，而是让黎、安二人自己去思考、选择，而曾巩自己的态度是明确的，他宁可为世人讥笑，也会"信古志道"。纵观全文，曾巩表现出他作为一个长者、一个儒者的温和与优雅，文章读来虽然没有痛快淋漓之感，温和、内敛、纤徐婉转的特点却表现得十分充分，文章严谨利落，在曾巩的文章中也是一流的作品。

勤学不倦，圣贤可及

——王安石《伤仲永》

　　孔融和司马光这两个名字是我们熟知的，他们有一个共同点——神童。正是因为少年时迸发的聪慧让人记住了他们。纵观历史，这样的少年天才从来都不缺乏，但最终能把少年时获得的美名一直带到成年并有所作为的人却寥若晨星。

　　孔融小时候，就曾有人对他的聪明能否延续提出过质疑。孔融十岁时，随父亲到洛阳。在拜谒李元礼时，他为了能顺利进入李府，称自己与李元礼有亲戚关系。李元礼讯问孔融与自己有何亲属关系时，孔融答道："我的祖先孔子与你的祖先老子有过师徒关系，我与你自然世代通好。"这样的回答引起举座赞叹，但一样引来陈韪的质疑，陈韪认为："小时了了，大未必佳。"孔融机敏地答道："想君小时，必当了了。"（《世说新语·言语》）

　　在故事中，虽然孔融凭借自己的聪明回击了陈韪，但陈韪提出的质疑却是历代神童们躲不开的魔咒，很多人小时候如精金美玉，光彩熠熠，长大后却变成顽石一块。这些人才华的逝去，每每让人感慨伤怀。

　　而宋代的方仲永是一个很让人感慨的"神童"了：

王安石像

　　金溪民方仲永，世隶耕。仲永生五年，未尝识书具，忽啼求之。父异焉，借旁近与之，即书

诗四句，并自为其名。其诗以养父母、收族为意，传一乡秀才观之。自
是，指物作诗立就，其文理皆有可观者。邑人奇之，稍稍宾客其父，或以
钱币乞之，父利其然也，日扳仲永环谒于邑人，不使学。

    这真是一件神奇的事情。方仲永是江西金溪人，五岁时无师自通，能吟诗作
对。方仲永的迅速蹿红颇有几分神奇色彩，因为他出身农家，"未尝识书具"，一
个从没有读过书的孩子，五岁时突然哭着要笔墨纸砚，挥毫题诗一首并签上自
己的名字。从目不识丁一跃而能作诗，这已经让人惊叹，而随后，他更是"指物作
诗立就"，这种表现更让人咋舌不已，方仲永自然被乡里视为神童。如果抛却种
种怀疑——是不是有人在背后操控，那么，方仲永就是属于"生而知之者"了。这
种天分是让凡人艳羡的，因为有天才儿子，邑人对他的父亲都开始客气起来，
"稍稍宾客其父"，父因子贵，更有甚者，甚至以"钱币乞之"。如此的天赋，如果能
因势利导，在宋代科举大盛之时，一定能博取功名，学而优则仕，或者把胸中的
才华变成诗文，为文采焕然的宋代再留下一些华章也未可知。但是，方仲永的天
才甫一遇到"钱币"，就走到头了。他父亲"利其然也，日扳仲永环谒于邑人，不使
学"。日扳，每天拽着，拉扯着。原本可能握住生花妙笔的手，兀然变成卖艺乞利
的工具，让人无端感伤。这是王安石《伤仲永》一文中的第一处"伤"。

    这样一件使人伤怀的事情，旁观者观之，已经有些欷歔了，何况王安石还是
当事人之一。方仲永的家乡金溪与王安石的家乡临川相邻，神童方仲永的故事，
王安石很早就听说了。明道年间，王安石在舅舅家见到方仲永时，两人年岁相
近，都是十二三岁。这次相遇时，方仲永当众人之面作诗，已然平平，"不能称前
时之闻"，才华开始褪色，让人感觉名不副实。儿时传说的神童一至于斯，王安石
心中恐怕更多的是失落。

    反观此时的王安石，会发现，他其实也是一个早慧而聪颖的少年。《宋史·王
安石传》中记载："安石少好读书，一过目，终身不忘。其属文动笔如飞，初若不经
意，既成，见者皆服其精妙。"过目不忘，下笔千言，而且还是在年少时，更重要
的是，年少的王安石还热爱读书。与已经开始凋零的方仲永相比，爱读书、善属文
的王安石才更像一个神童。这次王安石与方仲永的会面其实是深有意味的，在
同一个屋檐下，一个是曾经名声煊赫的神童诗人，一个是过目不忘、正在苦读中
的未来宰辅，命运是如此公平又如此残酷，让两人相遇了一次，从此各自西东，
道路迥然不同。

在《伤仲永》一文中，方仲永的结局只有一句话："泯然众人矣！"仔细体味此语，意味丰富，说话人的口气是漠然且无所谓的，这个说话的人说不定也曾经是一个惊异的"邑人"，而这样一句带有些许轻蔑的话，在王安石听来则是有些震动的，惋惜、失落之后，自然是更深的伤感。听到"泯然众人矣"这句话时，王安石23岁，这时候的王安石已经在淮南判官任上，他请假回乡探亲，到家住金溪的舅舅家，自然又要问问那个曾经的神童，却听到这样一句漠然的回答。这时的方仲永，年龄也在23岁左右，他已经从一个一邑称赞的神童悄无声息地变成一个凡人。那种从冷落中走进繁华的欢乐是每个人都向往的，但从繁华跌入冷落，其中的伤感与不甘恐怕不是谁能轻易接受的。在文章之外，我们无法得知方仲永的人生经历，他无法依靠自己的才华进入史册，而是以这样一种寥落的方式让人们记住了他。

好学深思的王安石并不是仅仅听到这个故事而已，而是敏锐地认识到了对"天才"方仲永的戕害者是谁。这个"小时了了"的天才，在不到二十年的时间，就已经彻底沦落成一个凡俗之人，其缘由何在？文章说：

> 仲永之通悟，受之天也，其受之人也，贤于材人远矣；卒之为众人，则其受于人者不至也。彼其受之天也，如此其贤也，不受之人且为众人。今夫不受之天固众人，又不受之人，得为众人而已邪？

方仲永的天赋很高，"通悟"，一点即通，而"受之人"（后天的学习）倘能强化，将远远超过"材人"（聪明人）了；而最终成为"众人"（普通人），乃其后天的学习没有跟上。天赋高者，不加强后天的努力学习，则将为"众人"；而天赋不高者，倘若不加强后天的学习，能够成为"众人"吗？王安石的问题很尖锐，直指每一个人。很明确，读书与教育决定了人的发展。方仲永的聪明颖悟是"受之天"的，是真正意义上的天赋，即孔子所谓的"生而知之者"。事实上，即便圣人如孔子，也都在天才与勤奋之间诚恳地选择了勤奋，选择了后天积极地学习和积累。《论语·公冶长》中记录了孔子的一段自述："十室之邑，必有忠信如丘者焉，不如丘之好学也。"凡俗之人看孔子，看到的是他外在的光环，他秉持的仁、义、忠、信的思想，但孔子却不这样认为，他认为只有十户人家的小村子里，都会有比他更讲求忠信的人，他虽然宣传这些思想，却不敢以此为依傍。他自信的是自己的勤奋好学，"不如丘之好学"是一句有些矜持的自许之语。在孔子看来，是"韦编三绝"

的劲头造就了他,他的成功与所谓的"生而知之"无关。

王安石显然是明白其中道理的,他也在积极践行读书、修身的自我教育的观点。在《答曾子固书》一文中,他谈到自己的读书范围:"某自百家诸子之书,至于《难经》《素问》《本草》诸小说,无所不读;农夫女工,无所不问。"这是他践行的读书阅世的圣人之道。在《伤仲永》一文中,他更给我们留下了一个暗伏的问题。聪明颖悟如方仲永者,如果不接受良好的后天教育,都会变成"众人",而作为"众人"之一的我们,如果没有更加热切的读书阅世的热情和决心,就只能在庸庸碌碌中终此一生了。

这篇文章,行文干净简洁,毫无枝蔓,显得遒劲深刻。王安石写作此文时,年仅23岁,而文笔简练老到,几乎要超越年龄的限制。刘熙载在论及王安石文的时候,谈道:"介甫文之得于昌黎,在务去陈言。"陈言尽去之后,文章层层推进,把提问和伤感从方仲永身上延展开来,提升到"众人"的层面,追问"众人"如果不接受教育,不后天努力,是否还能有安身立命的根基。

宋文·宋文

鸡鸣狗盗岂为士

——王安石《读孟尝君传》

　　王安石年少而爱读书，能够独立思考，不以他人之是非为准绳，敢于提出不同的见解。王安石于诸子百家之书无所不读，而对于"史家绝唱"的《史记》，更是下了不少工夫。对战国四公子——信陵君、孟尝君、平原君、春申君的事迹及其人物风神，王安石就曾认真思考过，并有自己的想法。

　　战国四公子中，以"食客三千"著称的孟尝君田文最为声名卓著。孟尝君乐于延揽各地宾客与犯罪逃亡之人，有食客三千，多倾心相交，对待食客，不分贵贱，待遇都与自己相同。有一次，孟尝君招待宾客吃晚饭，有人遮住了灯光，被招待的宾客因光线昏暗看不清饭食内容，认为自己饭食的质量与他人有异，放下碗筷就要辞行。孟尝君马上站起来，亲自端着自己的饭食给他看，内容竟然一丝不差，宾客惭愧得无地自容，刎颈以谢罪。有如此待遇，各地贤士都乐于归附孟尝君。

　　依附孟尝君的门客鱼龙混杂，各色人等不一。其中，比较著名的有善唱"长铗归来乎"的冯谖。冯谖弹着长剑唱"长铗归来乎"，引起孟尝君的注意，从"食无鱼""出无车"到"无以为家"的问题孟尝君都为他一一解决。作为回报，冯谖主动承担前往孟尝君封邑薛地收债的任务，自作主张烧掉了薛地百姓欠孟尝君高利贷的债券，为孟尝君"市义"——收买民心，表现出极大的胆略和政治远见。为孟尝君政治失意回归薛地打下了坚实的群众基础。他可以算作孟尝君门客中的能士。

　　因为人望甚高，秦昭王把泾阳君作为人质，要求见孟尝君。孟尝君准备出使秦国时，他的门客又极力劝阻。食客苏代告诉他："今天早上我从外面回来，见到一个木偶人与一个土偶人正在交谈。木偶人说：'天一下雨，你就要坍毁了。'土偶人说：'我是由泥土生成的，即使坍毁，也是变回泥土罢了。若天真的下起雨

来,水流会把你冲走,不知道会把你冲到哪里去了。'当今的秦国,是个如虎似狼的国家,而您执意前往,如果一旦回不来,您能不被土偶人嘲笑吗?"孟尝君这才听从门客谏议,没有西行入秦。

齐愍王二十五年(公元前299),孟尝君最终还是被派出使秦国。秦昭王任命孟尝君为秦国宰相,却又因为臣僚进言,认为孟尝君终究是齐国人,决策事务难免为齐国考虑,难堪大用,遂罢免孟尝君宰相之位,并囚禁起来,图谋除去孟尝君。为求脱困,孟尝君向秦昭王的宠妾求救,宠妾同意帮忙,但条件是要孟尝君送她一件白色狐裘,这种狐裘孟尝君曾给秦昭王送过一件。可是狐裘只有一件,急切之下也很难弄到。这时候,孟尝君手下门客伪装成狗潜入秦宫,窃得白色狐裘,贿赂秦王宠妾,使其说情施放了孟尝君。在孟尝君逃奔归国想要潜出函谷关时,因为夜间城门关闭,开关时间不到而难以成行,此时,又是善学鸡鸣的门客学公鸡打鸣,引得全城鸡叫,提前打开函谷关大门,顺利逃离秦国。

每在危急关头,都有门客站出来为孟尝君排忧解难,门客对孟尝君的功劳可谓大矣!孟尝君有纳贤之名,有得士之称,看来所称非虚。但在王安石看来,正是这些鸡鸣狗盗的"士",阻碍了孟尝君和齐国的进一步壮大。

王安石心中显然有自己关于"士"的定义。孟尝君眼中在关键时候可以挽救自己性命的门客,在王安石眼中是不值一提的。王安石认为真正的"士",应该是可以运筹帷幄、决胜于千里之外的人才,具有高洁的品性、远大的抱负和高瞻远瞩的全局观。这种认识,是王安石根据历史和时代的要求提出的人才观。纵观历史,宋代虽然在文教、经济上都有空前的发展,但国家承载着沉重的冗员、冗兵等负担,现行制度不足以拯救日渐衰微的国运。无论从个人抱负还是历史需要,王安石都认为当时需要出现一位雄才大略、"可以南面制秦"的人才,挽救危亡,解民于倒悬。王安石自己正是胸怀这一抱负,积极踏上北宋政治舞台,实践其富国强兵的伟大改革。

宋文·宋文

先秦历史中,这样的人才也确实存在。在《左传》中,我们能够看到一幕又一幕变法图强的鲜活的场景、辩士们活跃的身影,他们在强权政治和刀光剑影中无所倚恃,所凭借的就是自己经世济民的胸襟和热肠,以及对时局的认识和分析,在剑拔弩张的紧张氛围中,甚至在刀光剑影、战马奔腾的风雷声中,力挽狂澜,化解危机,消弭战争,甚至于改变历史。他们在诸侯国之间穿梭奔走,"巧言饰辩,诈伪权变",左右历史时局的发展,能够国家"转危为安,运亡为存",甚至达到"一怒而诸侯惧,安居而天下熄"的地步。

从王安石在北宋朝廷推动熙宁变法的进程看来，他也确实扮演着这样的强力角色。为了保证变法的政策能够落实，他毅然扫除一切阻碍变法的力量，希冀通过一个人的努力，从而改变颓唐的国运，振奋民心。这种想法，确实是夸大了个人的能力和历史作用，倘若视之为王安石心中"士"的标准，乃是恰当的，而以此来衡量孟尝君之门客，显然，他们皆不足以称为"士"。

为了干脆利落地表明自己对于"士"的基本认识，王安石在这篇不足百字的《读孟尝君传》中用力甚大，所谓狮子搏兔亦用全力：

> 世皆称孟尝君能得士，士以故归之，而卒赖其力，以脱于虎豹之秦。嗟乎！孟尝君特鸡鸣狗盗之雄耳，岂足以言得士。不然，擅齐之强，得一士焉，宜可以南面而制秦，尚何取鸡鸣狗盗之力哉！夫鸡鸣狗盗之出其门，此士之所以不至也。

文章首先提出对孟尝君"能得士"的传统看法，因为平日礼贤下士，孟尝君能在危难时机脱险而出，这点看上去似乎是好的。第二句用一个"嗟乎"，便把千年以来人们习惯的喜好和观点驳倒、瓦解，既然手下是一批鸡鸣狗盗之辈，孟尝君就十足是一个鸡鸣狗盗之徒的头子。王安石用自己强大到不容置疑的气势，把士与鸡鸣狗盗之徒分离开来，并在第三句中反问，以齐国之强大，如果有一个真正的士，便可"南面而制秦"，又何用这些人物来帮助自己脱身。最后一句，简捷有力地指出，鸡鸣狗盗之徒汇聚于孟尝君之门，遂使真正的"士"皆裹足不前，最终也就削弱了齐国之力。孟尝君仅仅是一个善于自保的庸人而已，蝇营狗苟，有何雄才伟略呢？

仅看气势，王安石这篇短文是神完气足的，清代人沈德潜称这篇文章"语语转，笔笔紧，千秋绝调"。文中仅四句，梳理靶子，进行攻击，提出观点，盖棺论定。论证简单有力到几乎有点粗暴，不容人有丝毫反驳的机会，尤其文章结尾处，下断语而简洁有力，堪称豹尾，也有力地补充了前文，使之更为明晰。

就论证的方法与逻辑而言，王安石这篇文章则显得有些粗疏了。明代散文家归有光论及此文认为："凿凿只是四笔，笔笔如一寸之铁，不可得而屈也。读之可以想见先生生平执拗，乃是一段气力。"归有光点出"执拗"二字，实在是对王安石此文的透彻之见。王安石不顾及孟尝君所处齐国国内的微妙政治环境，也不理会战国纷乱的国际关系，只是摆出一副虽千万人吾独往矣的气势。由执拗而来偏执，由偏执而来自信，由自信而来气势。故文章气势庞大，却未必经得起推敲。但也因为文章短，尺寸之间因为气势宏大而具千里之势，人们被这种强大的气场裹挟着，容易忽略王安石执拗之下逻辑上的粗疏了。

北宋中后期，国家危机四伏。王安石以其精练的才干，一往无前的勇气获得了宋神宗的信任，进而推动变法，其间的阻碍之大可想而知，王安石也正是凭借其勇往直前的气势冲破阻力，竭力开创一个自己坚信可以更好的时代。

宋文·宋文

尽吾志也而无悔

——王安石《游褒禅山记》

王安石极聪颖,勤学苦思,手不释卷,有大志,而且有坚定不移的心性,不轻易改变其志向,以"执拗"而著名。王安石举庆历二年(1042)进士,时年二十二岁,自此步入仕途,任地方官。期满考核后,王安石主动要求继续在外郡任地方官,熟悉各地政治、经济、民生等情况,而且颇有政治才能。直到嘉祐元年(1056),王安石四十八岁时,才调回汴京任群牧司判官。时欧阳修正在京任翰林侍读集贤殿修撰,声名卓著,乃一代文坛领袖,对这位闻名近二十年才得一见的后辈非常赞赏,倒屣相迎,并作《赠王介甫》一诗:

> 翰林风月三千首,吏部文章二百年。老去自怜心尚在,后来谁与子争先?朱门歌舞争新态,绿绮尘埃试拂弦。常恨闻名不相识,相逢樽酒盍留连。

欧阳修对这个年轻的后辈颇为推崇,高度肯定其诗文具有李白、韩愈的成就,可以传之后世。爱贤若渴的欧阳修自我期许甚高,但见到王安石,则不得不推许为一代才人,"后来谁与子争先",赞许王安石为不世出的人才。而且说对王安石闻名已久,而不得相见,引为憾事,自己常常虚席以待,既然此次相逢,则应樽酒流连,以尽欢兴。王安石很感动,作《奉酬永叔见寄》诗酬答:

> 欲传道义心犹在,强学文章力已穷。他日若能窥孟子,终身安敢望韩公!抠衣最出诸生后,倒屣常倾广坐中。只恐虚名因此得,嘉篇为贶岂宜蒙。

王安石很感激欧阳修的赞许、推崇,能名列欧阳修门下,是很兴奋的。不过,王安石自期甚高,说自己要"传道义",而不是要以文章之士以邀名当世,期望有朝一日成为发扬儒家道义的孟子,而不是成为如同韩愈一样的文士。王安石有着经世济民、建功立业的远大志向。

王安石长达二十多年任职地方官,游历范围甚广,足迹遍至大江南北,但与同时代文士相比,虽游踪颇广,他的文集中,却很少有主动记录游踪的游记文章,好似大美河山在他眼中都无关紧要。翻检王安石的文集,可以看出,他为文的特点是以议论说理见长的。身为政治家,他对社会的观察极其深刻,见解独到,这些见解发而为文都是逻辑严密、议论精当的文章,反倒是抒情性的文字在他的笔下不是很多见,即使在抒情类的文字里,也常常是抒情与议论融通为一的。

王安石是心怀治国平天下抱负的政治家,面对宋王朝之积贫积弱,民生疾苦,危机四伏,因而力主改革,时时心系时局、国家安危,无论何种场合,只要心中有所触动就会提出。相比而言,那些身外之物,他都看得很轻,不会牵怀挂肚。《石林燕语》记录王安石不喜修饰,"经岁不洗沐,衣服虽敝,亦不浣濯。"同僚几人为他操心,"因相约每一两月即相率洗沐定力院,家各出新衣为荆公番,号拆洗王介甫。公出浴,见新衣,辄服之,亦不问所从来也。"这种憨直的性格,在中国文人中确属少见。

庆历七年(1047),王安石出任鄞县。在这里他大兴水利,在青黄不接时贷谷于民,给县境之内的民众带来很大便利。为了解民情,王安石亲自在县境之内所属各乡巡视工作,写成了《鄞县经游记》,而《游褒禅山记》也是这个过程中写成的一篇。

游褒禅山,则先释名,点明地点、方位:

> 褒禅山,亦谓之华山。唐浮图慧褒始舍于其址,而卒葬之,以故其后名之曰褒禅。今所谓慧空禅院者,褒之庐冢也。距其院东五里,所谓华阳洞者,以其乃华山之阳名之也。距洞百余步,有碑仆道,其文漫灭,独其为文犹可识曰花山。今言"华"如华实之"华"者,盖音谬也。

文章很严谨,解释褒禅山得名之缘由,介绍其地理方位,极简括地叙述周遭景象,且辨析华山之名。褒禅山之华阳洞,乃其地最神奇之所在,故而文字绝不枝蔓，紧扣华阳洞之游历，而不及其他："其下平旷，有泉侧出，而记游者甚众，所谓前洞也。由山以上五六里，有穴窈然，入之甚寒。问其深，则其好游者不能穷也，谓之后洞。"非常简洁，交代前洞平旷，而后洞"窈然，入之甚寒"，则从视觉与感觉来写，颇真切，而"好游者不能穷也"，则进一步突出表现洞之"窈然"。文字不多，却将华阳洞之奇，突现出来。如此奇境，遂写游观之过程：

> 　　余与四人拥火以入，入之愈深，其进愈难，而其见愈奇。有怠而欲出者，曰："不出，火且尽。"遂与之俱出。盖予所至，比好游者尚不能十一，然视其左右，来而记之者已少。盖其又深，而其至又加少矣。方是时，予之力尚足以入，火尚足以明也。既其出，则或咎其欲出者，而予亦悔其随之，而不得极夫游之乐也。

　　游观之过程记述得很简短，"入之愈深，其进愈难，而其见愈奇"，虽未具体写"难"与"奇"，却能引起人们无限的遐想，令人神往；此段文字，着重写不得尽兴而游的遗憾：自身尚有余力，外部条件"火尚足以明"，却因顺随"怠而欲出者"的意见，不能有所坚持，而随之出洞，导致不能极尽游兴。王安石列举几点后悔的原因：与好游者相比，他所探索的洞穴"尚不能十一"；为探索做的准备其实都还充足。一切条件都具备，却不能得游览之乐，是王安石的后悔之处。王安石擅长议论，一旦进入议论和分析，文章就开始摇曳生姿，开始吸引人了。显然，是从游观山洞之经历，而体悟到了人生的真谛。由此，文章进一步推开说去，极尽其思致：

> 　　于是予有叹焉：古人之观于天地、山川、草木、虫鱼、鸟兽，往往有得，以其求思之深，而无不在也。夫夷以近，则游者众；险以远，则至者少。而世之奇伟瑰怪非常之观，常在于险远，而人之所罕至焉。故非有志者，不能至也。有志矣，不随以止也，然力不足者，亦不能至也。有志与力，而又不随以怠，至于幽暗昏惑而无物以相之，亦不能至也。然力足以至焉，于人为可讥，而在己为有悔，尽吾志也而不能至者，可以无悔矣，其孰能讥之乎？此予之所得也。余于仆碑，又以悲夫古书之不存，后世之谬其传而莫能名者，何可胜道也哉！此所以学者不可以不深思而慎取之也。

由游览褒禅山之华阳洞而兴发，感悟到了人生的真谛，这段文字，虽是抒发感兴和理性的思考，却紧紧围绕着游览华阳洞而说，不即不离，既能切中肯綮，又能超然于游览华阳洞，而具有广泛的可能性。游览华阳洞，未曾穷尽奇险，也未曾尽兴，"问其深，则其好游者不能穷也"，而游览过程中，"入之愈深，其进愈难，而其见愈奇"。然而，"夷以近，则游者众；险以远，则至者少。而世之奇伟瑰怪非常之观，常在于险远"，只有不惮艰难的人，具有百折不挠的精神，持之以恒，有所倚凭，方可到达。有能力，而不努力，不坚持，则为他人所讥笑，于自己则有悔；只有坚持不懈，百折不挠，坚守信念志向，即使不能到达，方能于己无悔。王安石的这一见解，既是论学，也是论政，更是针对有志向、有事业心者的针砭，促人思考，催人奋进。

王安石在严肃地解剖自己。导致王安石没有继续入洞的，还有身边随声附和、不敢继续深入的人。王安石从自己身上找原因，认为自己不能坚定信念，听从他人的意见，随大流，而不能有所坚守，遂不能尽兴游，也使自己后悔。这种自责精神非常重要，要知道，王安石志在天下，为了达到目标，他会时时警惕自身的问题会给今后推行改革所带来的羁绊。从后悔没有深入洞穴游览，到自责信心不够坚定，终于引发一大段感叹和议论，最终把文章引向自己想要谈的地方。

王安石寻求变法图强，时时以古人为例。探洞未得，他自责之余也感慨应该像古人那样"求思之深而无不在"才能有所得，也就是说，要能足够的专注，想要完成的目标才有可能达成，即"有志"。王安石根据探洞失败，总结出要完成一件事情需要具备的三个要素：志、力、物。物是外物，即完成事业的可以依凭的条件，可以姑且不论，人能否成事，重点在志与力，有力而志不坚，就是他们此次探洞失败的原因，这样失败的常识只能带来旁人的讥讽，自己也必然会后悔。如果尽志而力不足，则是自己先天缺乏成功的必然条件，虽然失败，终不至于后悔。问题的重点便成为，想要完成目标，意志是否坚定是其核心，"此予之所得也"。

这般道理，王安石从亲身经历中得来，自然感受深刻。也可以说，王安石将此次经验，有意识地化于个人修养之中了。《清波杂志》中记载萧注熙宁间上殿奏对罢，皇上问他："今臣僚孰贵？"萧对曰："文彦博。"又问其次，曰："韩琦。"皇帝很想知道他对王安石的评价，又问王安石何如，他对答曰："牛形人，任重而道远。"又曰："安石牛耳虎头，视物如射，意行直前，敢当天下大事。"观人要观目，人的眼中常能表现出内在精神气质，目光坚定的人精神专注，有责任感和担当。萧注品评当朝贤达，并没有把王安石列在前列，但一定要评论王安石时，他看人

目光之准也让人叹服。王安石的这个特点，其他同时代的人也都有所发现，黄庭坚尝言："人心动则目动。"王介甫终日目不停转。(《道山清话》)又说王安石读书时，目光是射在纸上的，其目光专注坚定，可见一斑。

作为有理想抱负的一代才人，王安石心中的大志愿是治国平天下，他一直在寻找机会推行自己的改革思想。在鄞县境内时，他就已经开始推行青苗法并取得成效，看到此法有益于民，将之推行天下的念头也就更加坚定。后来，在《上仁宗皇帝言事书》中，他提出要以"困于排逐亦终不为之变"的精神来推进朝廷的变革，并对推行变法所可能受到的反对与指责做好了充分准备。针对必须推行的变法，王安石甚至提出"天变不足畏，祖宗不足法，人言不足恤"的口号。他的这种精神和专注颇得宋神宗的欣赏，认为王安石是真正能体谅国家困难，并为国家尽心尽力的人。

王安石《游褒禅山记》一文，抛开了一般游记文的写景、抒情之惯例，着重写游华阳洞的经过和感受，并由此而生发深刻的体验，推开一步，极尽思理，将叙事与议论相融，精到的观点和极具说服力的议论很能感染人。或者说，王安石为表达其游华阳洞所体悟到的哲理，剪裁了与华阳洞无关的一切琐碎之事，紧扣其哲理体悟，选择素材，以华阳洞之游历为主，将褒禅山的一切景致尽行刊落，集中于华阳洞之"有穴窈然，入之甚寒"，"入之愈深，其进愈难，而其见愈奇"，并由此而抒发其哲理的体认。游览所记述者，至为浅近，却能写出洞之窈然，使人神往；而大段的哲理性议论，却有无穷深致之思，那种深情高致，穷工极妙之美，令人感佩。明代评点大家茅坤说："逸兴满眼，而余音不绝。"信然。

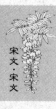

长恨此身非我有

——苏轼《记承天寺夜游》

苏轼因"乌台诗案"被贬到黄州，名义上还是一位官员，官衔是检校尚书水部员外郎、充黄州团练副使，实际上不能参与公事，属于编管羁押的性质，没有行动的自由。

宋代被贬谪的官员，不再发放俸禄。苏轼贬官黄州，经济非常拮据。在写给秦观的信中，他说自己每个月初一取出四千五百钱，分为三十串，用一篮子盛好，挂在屋梁之上，白天需要用时，即用叉子挑取下来，取出一串，即一百五十钱，用以支付一天的生活费用。尽可能地节俭，如果当天这一百五十钱，还有剩余，则将剩余之钱另投入一个大竹筒，储存起来，以备不时之需，或者偶尔有朋友来访，"以待宾客"。苏轼很开心地说，经过自己这样严格而周密的计划，生活还勉强过得去，每月尚略有节余。在窘迫中，苏轼还会找机会安慰自己，他在给朋友的信中写道："口腹之欲，何穷之有，每加节俭，亦是惜福延寿之道。"后来，黄州一位读书人马正卿替他申请了一块数十亩的荒地，通过耕种可以稍解"困匮"与"乏食"的窘迫，苏轼因这块地在郡城旧营地东，取名"东坡"，自号"东坡居士"。

回想因系于御史台监牢，遭受百般凌辱。司马迁说"削木为吏，义不能对"，而苏轼却被从湖州太守的任上，押送汴梁，拉一太守，如同驱赶鸡犬，自度性命不保，遂写给苏辙绝命诗《狱中寄子由二首》：

圣主如天万物春，小臣愚暗自忘身。百年未满先偿债，十口无归更累人。是处青山可埋骨，他年夜雨独伤神。与君世世为兄弟，更结人间未了因。

柏台霜气夜凄凄，风动琅珰月向低。梦绕云山心似鹿，魂飞汤火命如鸡。眼中犀角真吾子，身后牛衣愧老妻。百岁神游定何处，桐乡知葬浙江西。

与苏辙诀别，交代身后之事，真是痛彻心魄了。出狱之后，苏轼又写二诗：

> 百日归期恰及春，残生乐事最关身。出门便旋风吹面，走马联翩鹊噪人。却对酒杯浑是梦，试拈诗笔已如神。此灾何必深追咎，窃禄从来岂有因。
>
> 平生文字为吾累，此去声名不厌低。塞上纵归他日马，城中不斗少年鸡。休官彭泽贫无酒，隐几维摩病有妻。堪笑睢阳老从事，为余投檄向江西。

经历牢狱之灾后的胆战心惊，诗文创作给苏轼带来了文字狱的灾难，"此去声名不厌低"——故作放旷，同情苏辙为救兄长亦被贬官江西。这样的人生遭际，沉重的打击，导致了苏轼人生的一大转折。仕途受挫，性命几乎不保，在偏僻的黄州，佛老思想成为他在逆境中的安慰，加之苏轼天性旷达，虽在窘境中，仍然对人生、对生活、对美好的事物都保持着积极的心态，保持着主动追求美好的心劲。在所申请的那片坡地上，苏轼除耕种粮食以果腹之外，还种了桑树和竹子。此外，他还在这里修建房子，因为盖房子时下大雪，苏轼便把这里命名为"雪堂"，又在墙壁上绘上雪景。在堂后，他又种上松、桑、桃、橘、枣树。

在黄州，苏轼也仍然经常出游，游于四境，"布衣芒屦，出入阡陌，多挟弹击江水，与客为娱乐，每数日必一泛舟江上，听其所往；乘兴或入旁郡界，经宿不返，为守者极病之。"一次，苏轼夜饮大醉，回到家时已是深夜，柴门紧闭，家中僮仆昏睡，无论怎样敲门，都不应，只听见沉睡的响亮鼾声，应和着长江滔滔东流的江水声，苏轼感受到了前所未有的人生孤独和虚无，很想摆脱世事的牵累，远隐于山林，遂写《临江仙·夜归临皋》一词，并大唱数遍：

> 夜饮东坡醒复醉，归来仿佛三更。家童鼻息已雷鸣。敲门都不应，倚杖听江声。
>
> 长恨此身非我有，何时忘却营营？夜阑风静縠纹平。小舟从此逝，江海寄余生。

次日，便盛传苏轼作此词后，挂冠乘舟而去。黄州太守徐君猷听后大惊，"以为州失罪人"，忙到临皋亭查看。他到达时，苏轼正沉睡未醒，鼾声如雷鸣。在偏远的黄州，苏轼也只能有近郊游历的这一点点自由了。

《记承天寺夜游》记述了苏轼一次月夜下的率性游览：

> 元丰六年十月十二日，夜，解衣欲睡，月色入户，欣然起行。念无与乐者，遂至承天寺寻张怀民。怀民亦未寝，相与步于中庭。庭下如积水空明，水中藻、荇交横，盖竹柏影也。何夜无月？何处无竹柏？但少闲人如吾两人耳！

这次出游时间记录的很清楚，"元丰六年十月十二日，夜。"苏轼是元丰三年被贬黄州的，这时他已经在此四年。苏轼是个喜欢朋友的人，他曾经说过："上可陪玉皇大帝，下可以陪卑田院乞儿。"未遭贬之前，苏轼是名闻天下的名人，身边自然少不了朋友，他也乐意与身边的人畅所欲言，自然出言太多，容易被人抓住把柄。苏轼自己也说："眼前见天下无一个不好人，此乃一病。"被贬黄州后，实乃羁押，限制苏轼与人交游，因而很多之前的友人都不敢与他来往，而苏轼也尽量不与人交游，以免造成不必要的麻烦。在写给朋友的信中，他说："得罪以来，深自闭塞，扁舟草屦，放浪山水间，与渔樵杂处，往往为醉人所推骂，辄自渐喜不为人识。"因不为人识而喜，这是有违常理的，又是非常符合苏轼当时的生活状况的，这样的生活相对安全，但是也会有些许愁闷。一个经年读书论文之人，自然是希望身边能有水平相当、可以交流见解、可以一起发牢骚、一起发呆的朋友。苏轼在黄州与普通百姓交往，也有乐趣，但更多是停留在生活的琐事中。而一个可以聊天的朋友，在这个时候殊为可贵。

宋文·宋文

住在承天寺的朋友是张怀民，他也是被贬谪居黄州的，当时暂时住在承天寺。两人都因为被贬而获得了"闲"，两人也气味相投。张怀民曾送给苏轼两枚墨，而苏轼是书法大家，对墨相当讲究，为这两枚墨，他还写了《书怀民所遗墨》，书云："世人论墨，多贵其黑而不取其光，光而不黑，固为弃物，若黑而不光，索然无神采，亦复无用，要始其光清而不浮，湛湛如小儿目睛乃佳也。"张怀民在江边修了一座亭子，"以览江流之胜"，请苏轼命名，苏轼便给它起名为"快哉亭"，恰好赶上弟弟苏辙来探望，苏辙还为此写了篇《黄州快哉亭记》。这种意气相投的朋友，苏轼非常珍惜。

　　《记承天寺夜游》一文，就是记录十月十二日夜，苏轼突然兴起，寻找张怀民的一篇小文，全文仅八十四字。文章的兴起是月色，苏轼正准备睡觉，看到月色，突然兴起，"欣然起行"，漫步于月色中，万籁俱寂，只有月色如水，轻轻下泻，这是只有诗人才能享受的审美的生活。对此美景，一丝孤独还是涌上心头，遂至承天寺寻张怀民。而张怀民这个思想相通、情趣相近的率性人，"亦未寝"，遂"相与步于中庭"。

　　从"寻"张怀民到"相与步于中庭"，似乎还该有很多内容，比如如何出行，如何夜间叩开寺门，碰见张怀民后谈什么，张怀民是否也会以此为"乐"。文中对这些问题一概略去不谈。在别人看来似乎需要说明的东西，两位意气相投，对闲雅、审美的生活有默契的朋友是不需要多说的。两人分享的是"庭下如积水空明，水中藻、荇交错，盖竹柏影也"。月光如水，竹柏之影似水草飘曳，这个景致应该是苏轼在自己院中能看到的，这也就是苏轼邀约张怀民共同享受的宇宙美景。庭中月色如水，人行庭中如行水中，人是不是会产生一种游鱼之乐？鸢飞鱼跃，都是自然之趣，自然之乐。这种充积于胸怀中的乐，只有与人分享才能更加开怀。

　　文章至此，全是顺着苏轼的心意随意流动的，没有一丝一毫的累赘。最后一句，也是苏轼给这次乘兴夜游添加了一个意义。月光从来都不曾少过，竹柏也概不少见。这两样都是随处常见的，但有月色和竹柏的地方，只有像他们这样的两个精神相契、情趣相通的"闲人"，才能欣赏这夜月、竹影了。文章虽短，但在月夜之下的寻访，好友相伴而漫步中庭，月色、竹影，精神相通、情趣相近的惬意，共同构成了美的极致。此文颇有王子猷（王徽之）雪夜访戴的神韵，《世说新语·任诞》：

　　　王子猷居山阴，夜，大雪，眠觉，开室命酌酒，四望皎然。因起彷徨，咏左
　　思《招隐》诗，忽忆戴安道。时戴在剡，即便夜乘小船就之，经宿方至，造门不
　　前而返。人问其故，王曰："吾本乘兴而行，兴尽而返，何必见戴。"

　　王子猷雪夜访戴，突出的是王子猷的率性与任诞，而承天寺夜游，却写出了苏轼与张怀民两位好友的精神相契、情趣相通，月色、竹影之美，穷形尽相，毫发毕现。文章篇幅虽短小，仅有八十四字，却具有尺幅千里之势，一滴水而映射出大海的丰沛，诚乃仙笔，读之顿觉玉宇琼楼，高寒澄澈。

兴废人间几今古

——苏轼前后《赤壁赋》

苏轼才能卓著,乃不世出之天才,为世人敬仰。苏轼尝自言:生平有三不如人,谓下棋、喝酒、唱曲也。有人遂以为苏轼词虽工,而多不合乐,就是因为苏轼不会唱曲的缘故。其实,苏轼不会唱曲,并不意味着苏词之不可歌。词,即宋代的流行歌曲,可歌乃词之音乐性的重要属性。俞文豹《吹剑续录》记载,有一幕府士人,很擅长歌唱,苏轼就问曰:"我词比柳词何如?"柳永是北宋著名词家,凡有水井处,即歌柳词,传唱广远。此人对曰:"柳郎中词只好十七八女孩儿,执红牙拍板,唱'杨柳岸,晓风残月',学士词须关西大汉,执铁板,唱'大江东去'。"苏轼为之"绝倒"——为其精妙的比喻折服。"大江东去",即《念奴娇·赤壁怀古》,开创了词的新境界,把词从酒宴间歌儿舞女的柔声曼唱,佐酒娱乐,引向了抒怀言志,激情飞扬之雄浑壮阔。

贬官黄州,是苏轼经历乌台诗案巨大打击后的第一次人生低谷,在这个长江边上荒僻的地方,苏轼名义上虽为黄州团练副使,然而却是本州安置,不得签署公事,不得擅去安置之所,实际上就是羁押、监管,失去了自由。苏轼生活困苦,内心极端愤恨和苦闷。然而,苏轼也在努力地化解着心头的不快,以达观的人生态度来进行自我的调适。黄州东南三十里为沙湖,也叫螺蛳店,苏轼在那儿买了几十亩田地,因去看田、劳作,得了病,听说麻桥人庞安常善医,遂往求治。庞安常耳聋,但颖悟绝人,以纸画字,写几个字,就深切地了解了来客的意思。苏轼戏言:"予以手为口,君以眼为耳,皆一时异人也。"病好之后,苏轼和庞安常同游清泉寺,寺内有东晋大书法家王羲之的洗笔泉,泉水甘洌,下临兰溪,溪水西流,美景、甘泉、赏心、乐事,病愈之后的苏轼很是快乐,遂作有《浣溪沙》词:

山下兰芽短浸溪。松间沙路净无泥。萧萧暮雨子规啼。　　谁道人

生无再少？门前流水尚能西。休将白发唱黄鸡。

以达观的心态，渴慕有机遇而建功立业，如同人生再少，而不必叹老嗟卑，以颓唐垂暮之心态而荒废时日。"谁道人生无再少"，苏轼以积极的态度，追求进取。元丰五年（1082）七月十五日乃中元节，黄州城内甚是热闹，道观在作斋醮，而僧寺则举行盂兰盆会，市井百姓，家家准备纸钱果品，纷纷到江边去祭祀亡故的亲人，熙熙攘攘，很是热闹。第二天即十六日，一切皆沉寂下来，苏轼携蜀中绵竹武都山道士杨世昌等人，一同去夜游赤壁，赏月吟玩，避暑消夜。杨世昌是个异人，善画，能吹箫，"杨生自言识韵律，洞箫入手清且哀"，且通晓天文、历算、卦术，当然也会炼丹，仰慕苏轼，专程从蜀中赴黄州来拜谒苏轼。有朋自远方来，不亦乐乎？在这个宁静夜晚，苏轼创作了流传千古的《赤壁赋》。

文章开篇交代游玩的时间、地点，描摹江天月色，立刻把读者带入一个绝美的境界：

> 壬戌之秋，七月既望，苏子与客泛舟游于赤壁之下，清风徐来，水波不兴。举酒属客，诵明月之诗，歌窈窕之章。少焉，月出于东山之上，徘徊于斗牛之间。白露横江，水光接天。纵一苇之所如，凌万顷之茫然。浩浩乎如冯虚御风，而不知其所止，飘飘乎如遗世独立，羽化而登仙。

赤壁图

泛舟大江，游于赤壁之下，暑热立退，江面上清风徐徐吹拂，给人以抚慰；波浪不兴，江水平静，一叶小舟自如地轻轻荡漾，如飘浮于镜面之上，一派澄澈。此景此情，真乃赏心乐事，舟中人陶醉于这如画的境界中，举酒劝客，不觉得唱起《诗经》的

《月出》一诗："月出皎兮，佼人僚兮。舒窈纠兮，劳心悄兮。"——明月从东方升起兮，月光洁白明亮，美人啊实在是俊俏。举止闲雅兮，体态婀娜，令人思念不已兮，忧心忡忡。其快活、适意，思慕之情，将如之何。歌声悠扬，余音袅袅……"少焉"，正写出了歌声中，舟中游人举头仰望星空，期待明月升起的情状。皓月当空，水气氤氲，如白露一般，弥漫于大江之上，江水、天空、白露，瞬间凝化为一神奇的神仙世界了。在如此境象中，一叶小舟如同轻盈的芦苇，自由自在，飘飘荡荡于茫然万顷，浩浩然如御风而行，飘飘乎如脱离了滚滚红尘世界，而进入了仙境……其美好自在，令人遐想无限：

> 于是，饮酒乐甚，扣舷而歌之。歌曰："桂棹兮兰桨，击空明兮泝流光。渺渺兮予怀，望美人兮天一方。"客有吹洞箫者，倚歌而和之。其声呜呜然，如怨如慕，如泣如诉，余音袅袅，不绝如缕，舞幽壑之潜蛟，泣孤舟之嫠妇。

饮酒乐甚，遐思无限，扣舷而歌，"渺渺兮予怀，望美人兮天一方"，遂有伤离念远、人生无奈之感喟。而洞箫声如怨如慕，如泣如诉，更加增添了这一悲愁气氛。显然，此乃投身于天地自然之美景，而滋生了悲慨，乃乐极生悲。文章于此陡然一转，遂自然引入了对这悲慨的说解：

> 苏子愀然，正襟危坐，而问客曰："何为其然也？"客曰："'月明星稀，乌鹊南飞'，此非曹孟德之诗乎？西望夏口，东望武昌，山川相缪，郁乎苍苍，此非孟德之困于周郎者乎？方其破荆州，下江陵，顺流而东也，舳舻千里，旌旗蔽空，酾酒临江，横槊赋诗，固一世之雄也，而今安在哉！况吾与子渔樵于江渚之上，侣鱼虾而友麋鹿，驾一叶之扁舟，举匏樽以相属，寄蜉蝣于天地，渺沧海之一粟。哀吾生之须臾，羡长江之无穷，挟飞仙以遨游，抱明月而长终，——知不可乎骤得，托遗响于悲风。"

愀然者，听闻如怨如慕之箫声，使颜容改变，写其形貌容颜；"何为其然也"，描述其神情口吻，自然引出客之说解悲慨。主客之对话，自然流转，亲切随和。客说解"舞幽壑之潜蛟，泣孤舟之嫠妇"的悲慨，乃在于触景生情，不能自已。仰望皓月，吹箫歌唱，却正是曹操之"月明星稀，乌鹊南飞"的景象；泛舟赤壁，逍遥容

与，亦是赤壁大战之地。文才武略卓越、建立不世功业如曹操者，尚且被这滔滔江水流逝殆尽，"而今安在哉"；何况我辈芸芸众生，默默无闻，最普通不过了，不名一文，与鱼虾麋鹿为友，在历史的长河中，有谁知道曾经有过这样一个人呢？遂感叹人生短暂，长江无穷无尽，本想随仙人而追求长生，与这明月同其久远，知道不可能得到，不觉将这悲慨寄托于箫声了。"西望夏口，东望武昌，山川相缪，郁乎苍苍"，虽是叙说赤壁之地点，然而写山川形胜，极为雄阔，如鸟瞰俯视，亦用以衬托曹操之英雄气概；"方其破荆州，下江陵，顺流而东也，舳舻千里，旌旗蔽空，酾酒临江，横槊赋诗"，描摹曹操统兵南征，势如破竹，儒雅风流，英武叱咤的形象，颇为生动传神。驾一叶之扁舟、与鱼虾麋鹿为伍之人与曹操这样的英雄相衬托、比较，在同样的地点，却演绎着不同的故事，曹操虽消失了，却有一世英名、英雄业绩，让后人凭吊；而自己则将在历史的长河中消失得无影无踪，更不会有人能够记得这个世间的"过客"，其悲慨是可以想见的。

面对如此的悲慨，苏轼则用自己的智慧化解之，以达观的心境来慰藉：

苏子曰："客亦知夫水与月乎？逝者如斯，而未尝往也；盈虚者如彼，而卒莫消长也。盖将自其变者而观之，则天地曾不能以一瞬；自其不变者而观之，则物与我皆无尽也，而又何羡乎！且夫天地之间，物各有主，苟非吾之所有，虽一毫而莫取。惟江上之清风，与山间之明月，耳得之而为声，目遇之而成色；取之无尽，用之不竭；是造物者之无尽藏也，而吾与子之所共适。"

客的愿望是"羡长江之无穷""抱明月而长终"，苏子遂以水和月来说解，化解客之心头的悲慨、无奈。江水滔滔东流，但实际上并未流去，因为前者去而后者来，水还是滔滔不绝地流着；月虽然时而圆时而缺，但最终却没有一点增减。从变的观点来看，永恒的天地都是一瞬间；从不变的视角来看，世间万物和我都是没有尽头的，曾经存在过，就会有永远的痕迹和影响，因而不必羡慕长生久视的神仙，不必羡慕终古长在的明月。天地之间，万物各有其主，不能以占有的心态去掠取，而应当融入其中，与大自然融为一体，随其所遇而安然相处，享受江上清风、山间明月，听其声而赏其色，那么，自己将与大自然同在，将是永恒。有此说解，化却了客心头的悲慨，文章曰："客喜而笑，洗盏更酌，肴核既尽，杯盘狼藉，相与枕藉乎舟中，不知东方之既白。"全然融入，放浪形骸，随性之所之，享受清风明月,"不知东方之既白",结束全文,又回应了篇首的泛舟赤壁之下的赏月,回还照应,结构严谨。

赋者,铺陈,描摹物象,以期穷形尽相,随物以婉转,又要有强烈的情感相伴,与心而徘徊。《赤壁赋》虽是赋,也重视铺排,其实已经打破了赋之常体,以叙述的口吻,以赋的主客对话的传统方式,或叙事、或抒情、或议论、或韵或散,不拘格套,自由而巧妙地表达了自己感情的波折和思想矛盾的解决过程,语言流畅,声韵自然谐和,准确、形象地描摹了江天月色,并借以传情达意,有很强的艺术成就。这一新的文体,由欧阳修《秋声赋》发端,到苏轼《赤壁赋》使之成熟,开创了"文赋"这一独特的新体裁。

应该说,辞赋是用一种夸张的手法而写的,此文用"客"只是代表一个对象,而不作实指,其文之意旨在抒发作者的情感及认识而已。

宇宙无穷,人生有限,自古是作家们所常有的感慨。在这篇赋里,苏轼塑造了两个不同的形象:"哀吾生之须臾,羡长江之无穷"的客,和将人生比作"逝者如斯,而未尝往也""盈虚者如彼,而卒莫消长"的月之作者自己。客所追求的,是永远和宇宙同在;而作者则指出,若就变的角度看,永恒的天地也是短促的;若就不变的角度看,则短促的人生也是永恒的。客的态度是要征服、超越自然,所以情调是悲壮的;苏子的态度则是要忽略、弃置现实,所以情调是放旷的。

雄伟的江山,清幽的夜景,在月光之下,水天一色,愉快的航行,都是十分吸引人的。苏轼毫不费力地将读者引进了那个令人神往的境界。主客的对话,虽描摹明月、清风、滔滔江水,却饱含哲学意味,语言极有艺术性,非常富于诗情画意。历史上英雄人物的事业和山间明月、江上清风,都成了抒写作者思想感情的材料。苏轼的超脱和旷达,不为环境所屈服的精神状态,精确地被勾画出来。

从结构上讲,文章开始写泛舟江上,清风徐来,月出于东山之上,其乐无穷。中间一段,借客人之口,道出羡慕水和月的无穷而感到悲哀,乃有意抑制,为下文的张扬而做铺垫;而苏轼则以物我无尽,共享清风明月为主旨,回应到游玩之乐,最后,"客喜而笑""不知东方之既白",回应苏轼游玩之乐,也是关照篇首的泛舟赤壁之下欣赏清风、明月之美。如此,前后照应,层次清晰,结构严谨,思理周密,一波三折,曲折委婉,却文情显豁。而且,文中哲理,是以生动的形象表述的,以水的流逝、月的盈虚、风声月色,讲出变与不变的道理,是写景,也是在抒情中说理。文章充分展示了其形象美,以清风、明月、江水、小舟、歌词、箫声等形象,以诗美的语言,在审美的享受中,获得精神的升华。

江汉之间的赤壁有三处：一在汉水侧竟陵东面之复州，一在黄州（今湖北黄冈），一在湖北嘉鱼县，即吴、蜀联军破曹操的地方。黄州赤壁，乃红褐色石崖，形状像鼻子，又称赤鼻矶。此地并非赤壁大战的古战场，旷达的苏轼泛舟游览，只不过借景以抒情而已，因此《念奴娇》说"人道是、三国周郎赤壁"。因为《赤壁赋》，后人遂称黄州赤鼻矶为"文赤壁"，而称嘉鱼赤壁为"武赤壁"，可见其影响之深远。

贬谪黄州的苏轼，有时颇感人生的凄凉，遂产生了人生的幻灭感，在中秋月夜，对月独酌，感受到了从未有过的凄凉，遂对月吟唱一首《西江月》：

世事一场大梦，人生几度新凉。夜来风叶已鸣廊。看取眉头鬓上。　　酒贱常愁客少，月明多被云妨。中秋谁与共孤光。把盏凄凉北望。

然而，苏轼毕竟是超凡杰出者，其旷达、洒脱，常常使其能够从严酷的环境和压抑的心境，摆脱出来，乐观面对，在困境中保持了乐观的心态和积极的人生态度。

元丰五年三月七日，苏轼往沙湖看田，行至半道，遇雨，而没有雨具，初春时节，寒意正浓，一行人被雨淋透衣服，冷得瑟瑟发抖，狼狈不堪，而苏轼足穿芒鞋，手拄一支竹杖，迎着风雨，一边行走，一边唱歌，并不为风雨所困扰。一会儿，雨过天晴，走出风雨，一轮红日照耀，带来阵阵暖意……苏轼遂作《定风波》一词：

莫听穿林打叶声，何妨吟啸且徐行。竹杖芒鞋轻胜马，谁怕？一蓑烟雨任平生。　　料峭春风吹酒醒，微冷，山头斜照却相迎。回首向来萧瑟处，归去，也无风雨也无晴。

遭遇风雨，却无丝毫之惊慌，吟啸徐行于风雨之中，苏轼那种安闲的心态，何等可贵，何其自然。有竹杖、有芒鞋，便足以行走于风雨中，轻快胜过骑马，"谁怕？"——彰显出哲人任运自然，无所畏惧的超然心境，而"一蓑烟雨任平生"，则明确将这一经历风雨而不气馁、积极、乐观的人生态度揭示出来。当然，苏轼并非那《庄子》所说的"不食五谷，吸风饮露"的藐姑射之神人，"物莫之伤，大浸稽

天而不溺,大旱金石流,土山焦而不热"。苏轼乃食五谷杂粮、生百病的世俗之人,当经历风雨,料峭春风吹拂,带来阵阵寒意之时,仍然能够感受到那寒意;只不过,苏轼所感受到的是"微冷",而非砭人肌骨、痛彻心魂之寒苦,而且,在风雨如晦之时,超然的苏轼仍然能够眺望前方,放眼未来,看到"山头斜照却相迎"的温暖和光明。当走出风雨,回顾那个带给人阵阵寒意的"萧瑟处",苏轼以超然的态度、放旷的心境放眼前方,"归去",而不胶着于过去,不再咀嚼曾经的苦痛,"也无风雨也无晴",轻装向前,开辟未来。苏轼正是以其"一蓑烟雨任平生"的积极乐观的人生态度,"也无风雨也无情"的超然、放旷心态,走出了人生的困境,完成了自我人格、自我思想的升华,成就了中华文化史上不朽的苏轼。

七月十六日的赤壁之游,苏轼体悟到了宇宙人生的真谛,与自然、宇宙融为一体,得到了审美的享受和精神的升华。同年十月十五,苏轼再游赤壁,写有《后赤壁赋》。文章曰:

> 是岁十月之望,步自雪堂,将归于临皋。二客从予,过黄泥之坂。霜露既降,木叶尽脱,人影在地,仰见明月,顾而乐之,行歌相答。已而叹曰:"有客无酒,有酒无肴,月白风清,如此良夜何?"客曰:"今者薄暮,举网得鱼,巨口细鳞,状似松江之鲈,顾安所得酒乎?"归而谋诸妇。妇曰:"我有斗酒,藏之久矣,以待子不时之须。"

月圆之夜,从雪堂缓步而归,二客相伴,深秋时节,"霜露既降,木叶尽脱",带有浓浓的寒意。清冷的夜晚,天空明月显得更为皎洁清朗,地上形影相随,快意滋生,遂歌咏互答。月白风清,佳客相伴,良夜难得,遂有饮酒赏月之想,而感叹无肴无酒;岂料佳肴已得,美酒早备,一切都是那么遂人心愿,其乐何如!美

后赤壁

景、良朋、佳肴、甘酒皆备，遂有赤壁之游：

> 于是携酒与鱼，复游于赤壁之下。江流有声，断岸千尺。山高月小，水落石出。曾日月之几何，而江山不可复识矣。予乃摄衣而上，履巉岩，披蒙茸，踞虎豹，登虬龙，攀栖鹘之危巢，俯冯夷之幽宫，盖二客不能从焉。划然长啸，草木震动，山鸣谷应，风起水涌。予亦悄然而悲，肃然而恐，凛乎其不可留也。反而登舟，放乎中流，听其所止而休焉。

文章非常简洁地描摹深秋月夜之赤壁："江流有声，断岸千尺。山高月小，水落石出。"景象迥然不同于盛夏月夜的赤壁了，由此亦写出了此次重游赤壁的新景象、新感受。月夜下，悬崖如虎豹蹲踞，如虬龙盘伏，登上巉岩，俯视长江，慨然长啸，"草木震动，山鸣谷应，风起水涌"，极有声势，却也凄清寂寥，也多少带有忧伤与恐惧。此段文字，描写极其逼真传神。由此，放舟中流，任其所之，也因而写了一个神秘结尾：

> 时夜将半，四顾寂寥。适有孤鹤，横江东来，翅如车轮，玄裳缟衣；戛然长鸣，掠予舟而西也。须臾客去，予亦就睡。梦一道士，羽衣翩跹，过临皋之下，揖予而言曰："赤壁之游乐乎？"问其姓名，俛而不答。"呜呼噫嘻！我知之矣！畴昔之夜，飞鸣而过我者，非子也耶？"道士顾笑，予亦惊悟。开户视之，不见其处。

宋文·宋文

寂寥之月夜，一孤鹤横江从东方飞来，"戛然长鸣，掠予舟而西"，给寂寥的境况增添了一些生气和神秘；而玄鹤化为道士，进入梦中，更将这神秘推向了极致，并使得月夜重游赤壁之苏轼，不再孤寂。那飞鸣而过的玄鹤、梦中的道士，是苏轼渴望精神相通的写照，希望从清风明月和挟仙遨游中摆脱困境和苦闷。

此赋章法亦有特色，由佳客相伴，月下缓步而行，思得酒肴以助兴，遂有重游赤壁之举；对深秋赤壁景象的描摹逼真传神，而孤寂之感、悲寥之意却也在其中；于是写横江而飞之玄鹤、梦中之道士，皆与游赤壁相关联，却也写出了苏轼的情思以及摆脱困境的努力。后人因而题写此赋曰："眼中风物旧曾过，岁月重游复几何。长啸一声天上去，月明千古属江波。"却也能把握此文的关键。

前后《赤壁赋》是苏轼的绝唱，在对审美的体悟中，感受着宇宙、人生的真

谛,却也不迷惘、不绝望。文天祥有《读赤壁赋前后二首》:

　　昔年仙子谪黄州,赤壁矶头汗漫游。今古兴亡真过影,乾坤俯仰一虚舟。人间忧患何曾少,天上风流更有不。我亦洞箫吹一曲,不知身世是蜉蝣。

　　一笑沧波浩浩流,只鸡斗酒更扁舟。八龙写作诗中案,孤鹤来为梦里游。杨柳远烟连北府,芦花新月对南楼。玉仙来往清风夜,还识江山似旧不。

　　"天上风流更有不"之"不",通"否"。文天祥处于宋朝政权风雨飘摇之际,体悟到了苏轼《赤壁赋》的深意,才高志大的苏轼,经历了人生的挫折,处于无望的困境之中,遨游赤壁,年少多情的周瑜、文武之才兼备的曹操,在"兴废人间几今古"的历史长河中,皆能建立不世功业,拥有千秋声名;苏轼慨叹唏嘘,满怀忧虑,努力从这困境中解脱出来,完成了精神的升华,成就了中华文化史上不朽的巨人。宋代《珊瑚钩诗话》记载:东坡死,李方叔诔之曰:"道大不容,才高为累。皇天后土,知平生忠义之心;名山大川,还千古英豪之气。"可谓简而当矣,能揭橥苏轼之精神实质。苏轼是不朽的。

辞达理切，姿态横生

——苏轼《与谢民师推官书》

元符三年（1100），被贬到海南的苏轼得到赦免，从海南北还，这时的苏轼生命已近残年。宋代有优待士人、不因政治问题诛杀士人的政策，海南这些当时的蛮荒之地，就成了流放士人的归宿。实际上，流放海南是仅次于杀头的严厉处罚了。而苏轼晚年却仍有机会北还，是一件快慰的事情。被贬在岭南，对苏轼来说是颇艰辛的。南迁时候，曾说过苏轼"一肚子不合时宜"的侍妾朝云随他一同南行，岭南湿热，瘴气颇甚，不久朝云就因病去世，这对苏轼来说是不小的打击，虽然苏轼在逆境之中很能调整心态，但人近暮年，又

苏轼

逢离散，还是使人伤情。每当苏轼深情地眺望北方，辛酸凄楚，对亲朋好友的思念，对朝廷的眷恋，皆令苏轼无限感慨。《澄迈驿通潮阁》说："余生欲老海南村，帝遣巫阳招我魂。杳杳天低鹘没处，青山一发是中原。"当元符三年六月二十日夜晚渡琼州海峡之时，黑云似墨，电闪雷鸣，大海波涛汹涌，众人皆惊惧，几乎无生还的可能了，而苏轼很坦然，暴风雨之后，云散天开，风平浪静，苏轼等人终于顺利地渡海北归了。为此，苏轼写有一首《六月二十日夜渡海》诗：

参横斗转欲三更，苦雨终风也解晴。云散月明谁点缀？天容海色本澄清。空余鲁叟乘桴意，粗识轩辕奏乐声。九死南荒吾不恨，兹游奇绝冠平生。

岭南几年,可以交流思想、互相谈论的人更少了,苏轼用很多时间来读陶渊明等人诗文,以此消遣。与此同时,也对自己的文艺创作和创作理论进行了系统的思考,诗人放逐岭南是人生之不幸,能借此反思一生的文艺创作,"食芋饮水,著书以为乐",多少算是对人生的一点补偿。这一阶段,是苏轼思想最后成熟的阶段。

北归的路上,经过大庾岭,苏轼一行人在一个村落休息。一个老翁问苏轼的随从:"官为谁?"随从告诉他是苏尚书。老翁又问道:"是苏子瞻欤?"随从回答说是。老翁听罢,上前向苏轼行礼,说道:"我闻人害公者百端。今日北归,是天佑善人也!"苏轼在岭南几年,人情冷暖感受更深,在荒村野岭中遇到素昧平生的老翁问候,自然心中感激。

元符三年(1100)十月,苏轼等人到达广州,当时的广州推官谢民师又来拜谒苏轼,情意倦倦,让苏轼比较感叹。晚年接连遭贬,世态炎凉早已了然,而荒村老翁的问候和广州谢民师的谒见,都让苏轼感到难得的亲切。与谢民师相交,苏轼有"倾盖如故"之感,这对已近残年的苏轼,也是一种感情上的安慰。

谢民师当时在广州推官任上,也是个颇为用功的读书人。平日里,他也常在家中置席开讲,为诸生答疑解惑。开讲时,在家中置办时鲜水果两盘,讲完课,一面回答学生问题,一面与学生饮茶、食果,乃是一位勤勉、忠厚的士人。对谢民师的来访,苏轼很高兴,对于谢民师的文章,苏轼称赞说:"子之文,正如上等紫磨黄金,须还子十七贯五百。"文章能被苏轼如此推重,谢民师文字之能也可见一斑。

离开广州后,谢民师又多次致函问候,行至广州清远,苏轼回复了谢民师一封书信,一方面厚感其情谊,另一方面也继续与谢民师论文讲艺,探讨文章理论。

《与谢民师推官书》开端,感慨于谢民师多次深情厚谊的问候,表谢意,并且说:"轼受性刚简,学迂材下,坐废累年,不敢复齿缙绅。自还海北,见平生亲旧,恸然如隔世人,况与左右无一日之雅,而敢求交乎?数赐见临,倾盖如故,幸甚过望,不可言也。"苏轼说自己"自还海北,见平生亲旧,恸然如隔世人",短短几个字里,大难不死、绝处逢生的情绪透纸而出,极似劫后余生深深叹一口气。累年贬谪在外,受尽屈辱,不敢结交官府中人,"不敢复齿缙绅"一句说得极为酸楚。而谢民师却不避嫌疑,多次前来看望,其情义之深厚,让苏轼遂有"倾盖如故"之感,而感慨唏嘘。

宋文·宋文

谢民师将所作诗文送与苏轼批评，苏轼遂于此而发表议论，其实就是苏轼自己对文学的基本思想：

> 所示书教及诗赋杂文，观之熟矣。大略如行云流水，初无定质，但常行于所当行，常止于不可不止，文理自然，姿态横生。孔子曰："言之不文，行之不远。"又曰："辞达而已矣。"夫言止于达意，即疑若不文，是大不然。求物之妙，如系风捕影，能使是物了然于心者，盖千万人而不一遇也，而况能使了然于口与手者乎！是之谓辞达。辞至于能达，则文不可胜用矣。扬雄好为艰深之词，以文浅易之说，若正言之，则人人知之矣。此正所谓雕虫篆刻者，其《太玄》《法言》，皆是类也，而独悔于赋，何哉？终身雕篆，而独变其音节，便谓之经，可乎？屈原作《离骚经》，盖风雅之再变者，虽与日月争光可也。可以其似赋而谓之雕虫乎？使贾谊见孔子，升堂有余矣，而乃以赋鄙之，至与司马相如同科。雄之陋如此比者甚众，可与知者道，难与俗人言也。因论文偶及之耳。欧阳文忠公言，文章如精金美玉，市有定价，非人所能以口舌定贵贱也。纷纷多言，岂能有益于左右，愧悚不已。

这封信的主体内容是论文。这个时候，苏轼的文艺理论已经成熟定型。他表达了自己一贯推崇的平易自然的风格追求，发表一段妙论，认为文章应该如"行云流水"，这一追求也早已体现在他多年的文章写作之中。这种思想在他《文说》一文中也早有论及：

> 吾文如万斛泉源，不择地而出。在平地，滔滔汩汩，虽一日千里无难。及其与山石曲折，随物赋形，而不可知也。所可知者，常行于所当行，常止于不可不止，如是而已矣！

那种追求自然美而不忽略文采的文章写作，是苏轼一直所坚持的，他的文章也确实达到了这个境界。

"常行于所当行，常止于所不可不止"，在苏轼看来就是在创作时要能不刻意为文，自然而然，始终是苏轼所追求的境界，要能在写作中进入自由的状态中，然后文章才能"文理自然，姿态横生"。苏轼把孔子的两句看似有点矛盾的话糅合在一起来讲"言之不文，行而不远"与"辞，达而已矣"。苏轼的认识非常清晰透彻，他认为要写一样东西，首先要熟悉并透彻了解，即"求物之妙"，重要在于得其妙，而不是粗疏地对外表进行描绘和模仿，就像要观察一个人，外表的了解自然重要，但更要紧还是探求其精神世界，挖掘人性深处的内容，通过观察、熟悉、认识最终达到充分理解；然后才是考虑如何把自己已经了解透彻的内容，通过语言手段表达出来，如果仅有自己心里明白而不能诉诸语言，则不能成为创作，而能把心中所知无碍地表达出来，就一定会对语言、文采有一个要求，能用准确

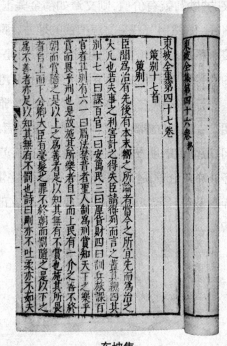

东坡集

生动的语言表达出自己的认识和感情，才能叫做"辞达"。故而，只要真正做到辞达，就不存在缺乏文采的问题，这两个方面本来就不会冲突。

随后，苏轼接连举了扬雄、屈原、司马相如的例子，就是要说明这个观点。而这封信最核心、最有趣的一个观点也随之而来。苏轼提到自己的老师欧阳修的观点，认为"文章如精金美玉"，这是一处妙喻，把文章中最佳妙的内容当作精金美玉，谓其宝贵。实际上，在岭南谪居这段时间里，以金玉或钱财来比喻文章之"意"，苏轼已经不是首次为之了。《清波杂志》记载苏轼教诸子作文，交上来的习作有的文辞杂芜而内容寡淡，有的虚字多而实字少。针对孩子们此类文章，苏轼就曾说过："譬如城市间，种种物有之；欲致而为我用，有一物也，曰钱。得钱，则物皆为我用。"入市购物需要钱来交流以互通有无，而作文中"意"则像钱一样重要。苏轼曾说过："天下之事，散在经子史中，不可徒使，必得一物以摄之，然后为己用。所谓一物者，意是也。不得钱，不可以取物；不得意，不可以用事。此作文之要也。"

纵观前后之意，可以看出苏轼在信中的思想是连贯而有趣的。文章要能如行云流水，随物赋形，需要做到清楚地认识到要写事物、内容，能够发现其妙处，才能进一步得之于口、手，即运用语言文字来表达。一篇文章有能用语言表达出

宋文·宋文

来的"妙",就有价值,则文章如精金美玉,说得通俗一些,就是这样的文章才能值钱。既然用"意"是文章值钱的地方,那么学写文章时,意就又成为驾驭文章的核心所在。这里的意,是思想,是情志,是一篇文章中最想要表达的个人的想法,内心有情感和想法,能用语言表述出来,便是成功之处。

苏轼天纵之才,本来就妙语如珠,雅擅言辞。身处岭南之地,一来缺少友朋,二来人心浇漓,未有可以倾心交谈者。北归途中,能与谢民师这样一位有学问、重情谊的朋友倾心交谈、相与论文,苏轼感受到了久违的快乐、惬意,颇慰胸怀。论文论道,是苏轼所擅长,而论文能得其精妙,做到辞达,又非苏轼所不能,这样看似风轻云淡的讨论,体现了苏轼文的妙处,也闪烁着苏轼充满趣味的人生智慧。

一点浩然气，千里快哉风

——苏辙《黄州快哉亭记》

苏辙与兄长苏轼同窗读书多年，参加科举考试同一年登科，入仕后，两人各自为官很难相聚，却一直书信频寄，诗文酬唱不断，两人手足之情深厚。苏轼因"乌台诗案"入狱之后，苏辙因上疏营救苏轼，遂获罪被贬，等到苏轼被贬官到黄州时，他已经被贬为监筠州盐酒税。

苏轼生性豁达，即使身处逆境也能自我开解。他喜欢与人出游，也喜欢结交朋友。元丰六年，苏轼结识了同样被贬谪居黄州的张梦得，曾经在一个月色如水、静谧美好的夜晚突然访问张梦得，并与张梦得结伴在月光下散步，倾心交谈，雅兴甚浓。黄州城西南一处高地，临长江，登临之，可以远眺，景象壮观，张梦得于其上建造一座亭子，以便游览登临，请苏轼为之命名，苏轼取名"快哉亭"，并且还写了一首词——《水调歌头·黄州快哉亭赠张偓佺》：

> 落日绣帘卷，亭下水连空。知君为我，新作窗户湿青红。长记平山
> 堂上，欹枕江南烟雨，杳杳没孤鸿。认得醉翁语，"山色有无中"。
>
> 一千顷，都镜净，倒碧峰。忽然浪起，掀舞一叶白头翁。堪笑兰台公
> 子，未解庄生天籁，刚道有雌雄。一点浩然气，千里快哉风。

宋文·宋文

情兴放旷，境界极其阔远。为了给脱去"乌台诗案"牢狱之灾、贬谪黄州的苏轼安慰、助兴，苏辙写有《黄州快哉亭记》纪念此亭的建成，亦抒发兄弟心脉相通的情义。文章开篇叙写快哉亭的方位、形胜：

> 江出西陵，始得平地，其流奔放肆大；南合湘、沅，北合汉、沔，其势
> 益张；至于赤壁之下，波流浸灌，与海相若。清河张君梦得谪居齐安，即

其庐之西南为亭,以览观江流之胜。而余兄子瞻名之曰"快哉"。

长江刚从上游的瞿塘峡、巫峡流出,地势稍平,江流奔腾肆大。长江在南面汇聚沅水、湘水,在北面又与汉水、沔水相汇,水势更加浩大,波涛汹涌,至赤壁之下时,浩瀚壮观如海面。登高而望,见江流之盛,景象之奇,为大自然的壮美所感染。张梦得遂建亭以方便登临游赏,苏轼遂以"快哉"名亭,直抒胸臆。

因而,文章遂描摹登临快哉亭眺望而得的壮阔景象:

> 盖亭之所见,南北百里,东西一舍,涛澜汹涌,风云开阖。昼则舟楫出没于其前,夜则鱼龙悲啸于其下,变化倏忽,动心骇目,不可久视。今乃得玩之几席之上,举目而足。西望武昌诸山,冈陵起伏,草木行列,烟消日出,渔夫樵父之舍,皆可指数,此其所以为快哉者也。至于长洲之滨,故城之墟,曹孟德、孙仲谋之所睥睨,周瑜、陆逊之所骋骛,其流风遗迹,亦足以称快世俗。

这段文字,描摹登临快哉亭所见,有尺幅千里之势:南北百里,东西仅三十里,江流浩大,滚滚向东流去,而风云开阖,景色各异;白昼则小舟出没于汹涌波涛,夜晚则龙鱼啸鸣,动心骇目,颇为神奇;远望则岗陵起伏,烟岚日影,变化无穷,草木行列,农舍点缀其间,甚是美丽。面对如此自然之奇观,岂能不"快哉"!而此地又为赤壁鏖兵的古战场,曹操、孙权固一世之英雄,周瑜、陆逊乃一代之人杰,其睥睨驰骋,留下了多少英雄的事迹、多少风流故事,面对此情此景,岂能不"快哉"!苏辙不经意地将自然风物与英雄事迹绾合于一处,其

快哉亭 雪堂客话图

风流余韵,足以令人"快哉"!唐代的大诗人孟浩然说:"人事有代谢,往来成古今。江山留胜迹,我辈复登临。"在古往今来的历史长河中,一代代的英雄人杰、士庶百姓,其事业的建树、生命的陨落,构成了历史,而登临江山,欣赏美景,凭吊胜迹,感喟英雄豪杰,岂能不对自身有所触动,有所思考?登临快哉亭,江山如画,英雄彪炳千秋之事业及其风流余韵,对胸怀大志而被贬的苏轼、苏辙、张梦得,岂能不有触动?岂能甘心做一个历史和人生的"看客",而不投身于其中,希望"将以有为也"?

文章真是写出了江山之胜迹,英雄之伟业、风流,写出了"快哉",但也将其"不快"暗含其中,隐而不发。缘此,文章遂探求"快哉"典故之出处:

> 昔楚襄王从宋玉、景差于兰台之宫,有风飒然至者,王披襟当之,曰:"快哉此风!寡人所与庶人共者耶?"宋玉曰:"此独大王之雄风耳,庶人安得共之?"玉之言盖有讽焉。

"快哉"一词,出自战国时代宋玉《风赋》一文。文中记载宋玉陪同楚襄王游兰台之宫,在宫中,忽然刮起风来,楚襄王说:"快哉此风!寡人所与庶人共者耶?"宋玉说:"大王之风经过优美的园林宫室,带着花草等香气,才吹到身上,所以清清凉凉、治病解救,所以是'雄风'。庶人之风,起于穷巷之间,一路携带污浊腐秽之气,吹到贫穷人家,使人精神凄惨,生病燥热,所以是'雌风'。"因而,文章遂剖析之,以明其理:

宋文·宋文

> 夫风无雌雄之异,而人有遇不遇之变。楚王之所以为乐,与庶人之所以为忧,此则人之变也,而风何与焉!士生于世,使其中不自得,将何往而非病;使其中坦然不以物伤性,将何适而非快!

风本不分雌雄,只是所遇到的人不同,其感受则全然不同。士之处世,如心中不自得,则眼中所见,皆乃不如意;如胸中坦然自若,不因外物而伤害性灵,无论处于何种境地,皆能快哉。苏辙在这里极其巧妙地把文章引向了人生的态度问题。张梦得贬官黄州,担当主簿类的小官,却能够"不以贬为患",每天处理完公务,乃"自放山水之间",其内心应该是有过人之处,即其思想境界远远超越世俗之人,能够欣赏黄州之自然风光之美妙壮阔:

将蓬户瓮牖，无所不快，而况乎濯长江之清流，揖西山之白云，穷耳目之胜以自适也哉！不然，连山绝壑，长林古木，振之以清风，照之以明月，此皆骚人思士之所以悲伤憔悴而不能胜者，乌睹其为快也哉！

张梦得有如此的心境，即使住在以破瓮为窗的茅草屋子里，也不会不快乐，何况有长江之清流、西山之白云，天地间之绝美胜迹哉！那么，张梦得真的是无往而不"快哉"？显然，并非如此。文章说，连山绝壑，长林古木，实乃凄清孤寂之景象，历来骚人志士处此环境中，皆"悲伤憔悴而不能胜"。那种被弃置的悲苦，使怀抱兼济天下、经世济民壮志的志士仁人深深地伤痛着，张梦得放浪于自然山水之美景，岂非化解内心郁勃孤愤的一种方式？"快哉亭"的背后，有着怎样的郁勃孤愤，有着多少难言的酸楚、忧伤？志大才高、身处贬谪境地的苏轼、苏辙、张梦得，面对滔滔东流的江水，面对赤壁大战的古战场，江山如画，英雄已逝，而流风余韵、事业声名却流传千古，令后人艳羡、凭吊、追怀，而苏轼他们处于贬谪之中，孤独寂寥，也许真成了历史和现实人生的"看客"，其伤痛是可以想见的。那么，快哉亭，是"快哉"呢，还是"不快"？

苏轼在黄州游赤壁，明明知道此赤壁并非三国大战的古战场，却仍然视为古战场，实乃借景抒情，《念奴娇·赤壁怀古》全然将其心境全盘托出：

大江东去，浪淘尽、千古风流人物。故垒西边，人道是、三国周郎赤壁。乱石穿空，惊涛拍岸，卷起千堆雪。江山如画，一时多少豪杰。

遥想公瑾当年，小乔初嫁了，雄姿英发。羽扇纶巾，谈笑间、樯橹灰飞烟灭。故国神游，多情应笑我，早生华发。人间如梦，一樽还酹江月。

无限情思，融入词中。而此词的思想境界，显然与苏辙《黄州快哉亭记》的主旨一脉相随。这篇文章，围绕建亭者、命名者和作记者三人，记事写景，却又是一种叙事。欣赏壮丽景象之时，肯定了放旷达观之旨，肯定其积极的心态，但也同时将他们内心深处的隐痛和焦灼轻轻点出，为其被弃置的生存状态而焦虑、而呼吁，借以展现其将以有为的内心世界。在宋代，这种心态非常普遍，有相当一批士人，虽然被贬谪，但并不会表现出低沉的情绪，反而借助山林积极地调整自己的心态，且时刻不忘记其强烈的忧患意识，不放弃其经世济民的理想。例如

《醉翁亭记》中的欧阳修，贬谪滁州，遭受沉重的政治打击，竟然没有让他感到意志消沉，却发现四面环山的滁州的悠然山林之乐，表现出一种陶醉和怡然自得之乐。显然，这种"不以贬谪为患"的心态已经形成了共性。简单探究这种共同心态背后的情绪，能看到他们心怀天下、志在济世救民的高洁理想，他们那种对人生、对仕途、对生命皆抱有一种积极、乐观的态度，是值得肯定和学习的。而这正是唐宋文人所表现出的淑世精神之真谛所在。

苏辙在唐宋八大家中是为人、为文都比较雍容的一个。《黄州快哉亭记》一文的写法，完全按照"记"类文章的体制要求，从缘由、建造的过程、登临的感受、起名的原因入手，所不同的是，他非常自然地将登临之观赏和个人之感受融合无间，将建亭者、命名者、作记者三人的处境、心态融合为一体，表达并肯定其放旷的情怀、积极的人生态度，抒发那种隐隐然的孤愤郁勃不平之气。从文章的体制上说，全然遵循其基本要求，从具体的写法而言，却又显然是苏辙的风格，而这正是文章写作上的有法可依、不为法所拘束的体现。

宋文·宋文

对此如何不垂泪

——洪迈《北狄俘虏之苦》等纪事文

　　宋徽宗是北宋诸帝中最有艺术天赋之人，同时又是最不负责任的皇帝之一。在位之时，他醉心书画，不理朝政，任用奸佞"六贼"。宣和七年(1125)，金兵大举南下攻宋时，见情势不对，徽宗索性传位给儿子钦宗，不愿意负起皇帝的责任。最终结局是徽宗、钦宗两位皇帝都被金兵虏走，"靖康之耻"乃宋人无法忘怀的奇耻大辱。

　　开封城破，徽宗、钦宗被掳后，金兵在开封城内大肆劫掠。带着两位皇帝回兵北归时，还携带了后宫、皇族宗室等三千多人，而民间被掳掠的人口则不计其数。这些人的生平都无法记录在正史之中，他们只能成为人们想到"靖康耻"时咬牙切齿后的余恨，随金人北归以及在北方惨绝人寰的生活更是无人问及，这些悲惨、痛苦的呻吟声只有野史和历史笔记中有所记录。

　　洪迈在《容斋随笔》中记录了一则《北狄俘虏之苦》，概述了被掠走皇室宗亲和仕宦之人的悲惨生活：

　　元魏破江陵，尽以所俘士民为奴，无问贵贱，盖北方夷俗皆然也。自靖康之后，陷于金虏者，帝子王孙，宦门仕族之家，尽没为奴婢，使供作务。每人一月支稗子五斗，令自舂为米，得一斗八升，用为糇粮。岁支麻五把，令绩为衣，此外更无一钱一帛之入。男子不能绩者，则终岁裸体。虏或哀之，则使执爨，虽时负火得暖气，然才出外取柴，归再坐火边，皮肉即脱落，不日辄死。惟喜有手艺，如医人、绣工之类，寻常只团坐地上，以败席或芦藉衬之。遇客至开筵，引能乐者使奏技，酒阑客散，各复其初，依旧环坐刺绣，任其生死，视如草芥。先公在英州，为摄守蔡寓言之，蔡书于《甲戌日记》，后其子大器录以相示，此《松漠记闻》所遗也。

清修《四库全书》所收《容斋随笔》本条题目改作"黔黎遭兵之苦"，"盖北方夷俗皆然也"改为"盖自古兵荒皆然也"。清廷文网之严，于此可见一斑了。洪迈《容斋随笔》乃史家的笔触，以纯客观的叙述，扼要记述了汴梁攻破之后，宋之皇族、仕宦之家子女被虏金国之后的悲惨遭遇。虽极简要，但已经令人触目惊心。

金人与宋朝战争之际，社会形态还停留在奴隶制状态下，社会组织模式是猛安谋克制。故而，战争俘虏被带回国之后，统统都变成奴隶被大家分配，身为奴隶，就没有人身自由，更遑论人的尊严。"自靖康之

容斋随笔

后，陷於金虏者，帝子王孙，宦门仕族之家，尽没为奴婢，使供作务。"靖康之耻是宋朝举国之耻，但带有反讽意味的是，在战争中总是缩在后面，在和战之争论中不敢支持主战派与金人决战的那些仕宦贵族，在开封城被攻破后并没有获得更好的待遇。曾经的锦衣玉食一夜之间化为泡影，身为奴隶，生死之事自己无法操控，对国家民生不负责任，却也导致了自身的悲惨遭际。

《容斋随笔》中的这段内容，记录的是靖康之变被掳走的人在金国的悲惨遭遇。因为故事是辗转听来的，洪迈在记录时文字表现比较冷静，符合史料随笔的行文风格，但面对这种凄惨至极的奴隶生活场景，叙述越平静，带给人内心的震撼和冲击可能越大。在战争中，人性大多是扭曲变形的，很多时候，我们甚至不指望能看到敌我双方温情互助，只希望在相互折磨的时候不要下手太过残忍。

真正能经过行军被带回金国的俘虏，都已经历了残酷地被俘、绝望、被蹂躏的过程，大多身心麻木，开始适应奴隶的生活了。而开封城刚刚被击破，徽宗和钦宗为了求和不惜把城中人送往金人营帐，以及最后大家一起被俘虏，一同北归，这段经历才更能见出人性的恶劣来了。

《呻吟语》《青宫译语》《宋俘记》《靖康纪闻》等野史笔记中，很多正史中不曾

宋文·宋文

记录的场景和故事都被记录下来，翻阅起来使人惊心，其中大量被掳掠、强暴的女子所遭受的待遇更让人为之气结。

在金人包围开封之后，徽宗、钦宗仍然寄希望于议和。宋徽宗、宋钦宗及北宋官员一直幻想不惜任何代价、通过和谈方式保住政权。靖康二年（1127）正月，双方达成协议，该协议规定：准免徽宗北行，以太子康王、宰相等六人为质，大宋宫廷器物充贡；准免割河以南地及汴京，以帝姬两人，宗姬、族姬各四人，宫女二千五百人，女乐等一千五百人，各色工艺三千人，每岁增银绢五百万匹两贡大金；原定亲王、宰相各一人，河外守臣血属，全速遣送，准俟交割后放还；原定犒军金一百万锭、银五百万锭，须于十日内输解无缺。附加条件是："如不敷数，以帝姬、王妃一人准金一千锭，宗姬一人准金五百锭，族姬一人准金二百锭，宗妇一人准银五百锭，族妇一人准银二百锭，贵戚女一人准银一百锭，任听帅府选择。"就是说，金银不足时，以帝妃、宗亲妇女等折合银两以补充数额。从靖康二年正月二十八日起，北宋政府开始履行协议，按照金人的要求向金军营寨押送女性，最早送去的是蔡京、童贯、王黼家的歌妓各二十四人，其中福金帝姬（公主）作为蔡京家中的女眷也在遣送之列，被送往皇子（斡离不，即宗望）寨。史载，福金帝姬见到斡离不后，"战栗无人色"，斡离不下令奴婢李氏将福金帝姬灌醉，乘机对其实施强暴。福金帝姬是"靖康之难"中第一个被金军统帅凌辱的宋朝公主。

在城中，尽管开封府官员刮地三尺，还是无法满足金人要求的黄金数量。宋徽宗、宋钦宗根据协议中妇女可以抵债的价码换算，把大量妇女送到金兵营中抵债。开封府官员除按照玉牒记录将宫廷、宗室的妇女全部押往金营外，也开始搜括京城民女甚至已经嫁人的宫女充数。

正月三十日，押解"内夫人并戚里女使犹未已"。正午时分，押解妇女的车架行进南薰门，车内的妇女向外大声骂道："尔等任朝廷大臣官吏，作坏国家至此，今日却令我辈塞金人意，尔等果何面目！"这是相关记载中被押解出城妇女对亲手把自己送入虎穴的、留在城里的男人们的一次痛斥。书中记载"诸公被骂，回首缄默而已"。

战争失败之后，没有几个有血性的男人站出来高呼着冲击敌营，反而是在城内紧张而有序地组织妇女，把他们换算成黄金来完成金军给予的任务，最终的目的，是要保住直接导致国家败亡的皇帝，使象征国家的皇帝不要被金兵带走。更让人郁愤的事情是，在整个押解妇女的过程中，除去那一声诘责，我们没有再看到任何斥责，开封城里的男人和女人们像是一群群非常驯服的羔羊，在井然有序地完成属于各自的任务。

到了最后，由于仍然无法凑够并满足金军提出的金银数目，宋徽宗和皇室成员最终也没能逃脱这场噩运。靖康二年（1127）二月初七日中午，在金军上万名骑兵的监视下，宋徽宗率妻妾、子婿妇、女奴婢从皇城络绎而出，经内侍指认点验后，"太上后妃、诸王、帝姬皆乘车轿前进；后宫以下，骑卒背负"。交接过程中，金兵检查众人所带的行李，凡金银都要查留。而一些躲藏在民间的宫廷、宗室女性也被金兵搜出来带走。

《南征录汇》记述了宋徽宗、钦宗父子向金人投降的过程：

> 初六日黎明，二帅令宋主入青城寨，宋官皆从。金兵挥去黄屋夹队，行抵寨下马，令跪听诏，废为庶人。国相令萧庆、刘思去少主冠服，宋忠臣李若水抱持御衣，戟手怒骂，兵士拽出。国相押少主入斋宫，令书谕留守，并启道宗，限七日率官眷出城，推立异姓。又令莫俦、吴开入城宣谕，令邓珪率内侍百余人入城监守后妃、帝姬、诸王妃，令冯澥、曹辅入侍废帝，余臣禁押别室。郑宽之、梁平、王孝杰、王宗沔自城中出，亦禁押。
>
> 初七日，令骑兵万人自南薰门排屯于青城刘家寺，两帅驻南薰门瓮城下。及午，太上率妻妾、子妇婿、女奴婢络绎而出，我兵监押轿车之中，抵瓮城，令内侍指认点验后，太上后妃、诸王、帝姬皆乘车轿前进；后宫以下，骑卒背负疾驰。申刻，令邓珪入城搜捉。二帅青城，送太上入斋宫，责其败盟，太上抗辩不屈。二帅斥之云："不允和亲，全为囚俘，何颜向人？"太上云："我与若伯叔，各主一国，国家各有兴亡；人各有妻孥，请二帅熟思。"国相云："自来囚俘皆为仆妾，因先皇帝与汝有恩，妻子仍与团聚，余非汝有。"挥令出，见少帝，相顾号泣。

宋文·宋文

《南征录汇》的作者是金之"南征"人，主要从宋朝廷的角度来记述汴梁被围及破城事件，写法上以日系事，虽是抄录各家记载，但比较详细地记载了金军兵临城下，逼近宋帝投降的整个过程。以亲历者的身份，组织编排史料，逐日记述，很具体详细，真实地记述了这一特定历史时期的大事件，具有很高的史学价值。

《靖康稗史》之《开封府状》中保留了少量与皇室关系密切的女性资料统计，

这些女性的平均年龄在二十岁左右。

金人对他们的战利品进行清点整理：

> 选纳妃嫔八十三人，王妃二十四人，帝姬、公主二十二人，人准金
> 一千锭，得金一十三万四行锭，内帝妃五人倍益。嫔御九十八人、王妾
> 二十八人、宗姬五十二人、御女七十八人、近支宗姬一百九十五人，人
> 准金五百锭，得金二十二万五千五百锭。族姬一千二百四十一人，人准
> 金二百锭，得二十四万八千二百锭。官女四百七十九人、采女六百单四
> 人、宗妇二千单九十一人，人准金五百锭，得银一百五十八万七千锭。
> 族妇二千单七人、歌女一千三百十四人，人准银二百锭，得银六十六万
> 四千二百锭。贵戚、官民女三千三百十九人，人准银一百锭，得银三十
> 三万一千九百锭。都准金六十万单七千七百锭，银二百五十八万三千
> 一百锭。

这是一组枯燥的数字，但这每一个数字却代表着一个个鲜活的生命。而这
场规模浩大的俘虏接受仪式，被送走的妇女已经不再是人，她们代表的是金锭。
一个不能保护他们的女人的王朝，现在又把自己的女人换算成金锭拱手送了出
去。看到这段野史记载的内容，可能很多人会重新审视这个王朝，他们的统治者
刚开始奉送土地、后来奉送金银和绢帛，最后他们连自己的女人都奉送出去了。
鲁迅说："有些慈眉心肠的人不愿意看野史，听故事。有些事情也真不像人世，要
令人毛骨悚然，心里受伤。"读这些野史，确实受伤！

这些以妇女为主的俘虏，还要被押回金国。《呻吟语》中有很多部分都是对
押送路上情形的描写：

> （靖康二年四月）初八日，次相州，固新（金将领名）所押贡女均乘
> 牛车，车两人。夜屯时，宫观贵戚车屯于中，民间车屯于外，虏兵宿帐
> 棚，人环其外。连日雨，车皆渗漏，避雨虏兵帐中者，多奸毙。
> 十六日，次都城店，燕王俣薨，太上（徽宗）哭之恸，殓以马槽。王夫
> 人、王子同在一军，视含殓，请归丧，斡苫不许，令火化，囊骨行。王妻别
> 在一军，不准哭临。
> 十八日，次柏乡，渡河后，居民尽矣。荆榛瓦砾中，尸骨纵横。御车

牛马时有倒毙,离割争啖。被掠者日以泪洗面,虏酋皆拥妇女,恣酒肉,弄管弦,喜乐无极。

《青宫译语》记载:

> (天会五年四月)十一午,抵真定,入城,馆于帅府。二王令万骑先驰,助攻中山,劝动静。千户诏合宴款二王,以朱妃、朱慎妃工吟咏,使唱新歌。强之再,朱妃作歌云:"昔居天上兮,珠宫玉阙,今居草莽兮,青衫泪湿。屈身辱志兮,恨难雪,归泉下兮,愁绝。"朱慎妃和歌云:"幼富贵兮绮罗裳,长入宫兮侍当阳。今委顿兮异乡,命不辰兮志不强。"皆作而不唱。

随时可能会死亡,随时可能会被欺辱,被掠者终日以泪洗面,这一路哭下去,只是为了能活着抵达金国。这一路上,只是一群猛兽在一边行进,一边欺凌另一群温驯而悲哀的家禽,除此无他。

但这些还不是全部。《呻吟语》中引用了《燕人麈》中的一段话:

> 天会时掠致宋国男、妇不下二十万,能执工艺自食力者颇足自存。富戚子弟降为奴隶,执炊牧马,皆非所长,无日不撄鞭挞。不及五年,十不存一。妇女分入大家,不顾名节,犹有生理;分给谋克以下,十人九媪,名节既丧,身命亦亡。邻居铁工,以八金买倡妇,实为亲王女孙、相国佗妇、进士夫人。甫出乐户,即登鬼录,余都相若。

所以,这条押解的路上并不是只有皇室宗亲在哭泣。《呻吟语》所记载的主要是皇帝与皇亲贵戚的事,那些黎民百姓所受的苦只能会更多,只是在这些书里,他们连哭泣的声音都没有了。

《南征录汇》编者耐庵校引刘同寿《寿圣院札记》:天会五年二月"初九、初十,又解到王妃、帝姬九人",云:

> 独一妇不从,二太子曰:"汝是千锭金买来,敢不从!"妇曰:"谁所卖?谁得金?"曰:"汝家太上有手敕,皇帝有手约,准犒军金。"妇曰:"谁

须犒军，谁令抵准，我自岂能受辱？"二太子曰："当家太上官女数千，取诸民间，尚非抵准？今既失国，汝即民妇，循例入贡，亦是本分。况属抵准，不愈汝家徒取？"妇语塞气恧，随侍小奄(太监)屡唤娘娘自重。妇不自主，小奄遂自刎。

刘同寿事迹不详，而寿圣院是金军在青城关押徽宗及帝姬、妃嫔之处，其时，刘同寿应该即在城中，故所记颇详细。二太子斡离不(即宗望)和妃子的对话，乃作者当时在场的亲闻亲历，故写得极其有声有色。小太监名朱贵，时年十三，其风节意气，令人感佩。

抵达金国之后，在天会六年八月二十四日，被押解来的宫廷、宗室妇女们经历更耻辱的一幕。作为战俘，金朝皇帝命令宋徽宗、宋钦宗、两位皇后、皇子和宗室妇女改换金人服饰，拜谒金人的祖庙。"后妃等入宫，赐沐有顷，宣郑、朱二后归第。已，易胡服出，妇女近千人赐禁近，犹肉袒。韦、邢二后以下三百人留洗衣院。"洗衣院，即金人军队的妓院之别称。这些宋王朝的贵族们，在胜利者的注视下，像牲畜一样被分配，这种侮辱终于使宋钦宗的朱皇后感到绝望，她选择了以死抗争。受降仪式结束后，朱皇后即"归第自缢"，被救下后又"投水薨"。在所有北迁的女性中，朱皇后成为最节烈的一个妇女，而令人讽刺的是，金人还对她的这种节烈行为进行了嘉奖。金世宗下诏称赞她"怀清履洁，得一以贞。众醉独醒，不屈其节"，并追封她为"靖康郡贞节夫人"。这又是一次讽刺和嘲弄。

《呻吟语》一书作者已经无法确认，但作者在书中称这些记录"亲见确闻"，作者也是被"忠愤所激"，"笔而记录"。这些野史记录之文，在文字上不如正史雅驯，文辞上更加散漫，但它们的价值在于纪实，把正史不好意思和不敢收录的内容记载下来，这也正是野史的价值和意义所在。

一腔忠愤有谁知

——宗泽《上乞毋割地与金人疏》

靖康二年(1127),金人挥师北上,击破北宋首都开封,劫走宋徽宗与宋钦宗。当时,身为天下兵马副元帅的宗泽准备联合各路勤王之师,在金人北归的路上夺回二帝。然而,宗泽却没有等到一支勤王军队。

同年五月,康王赵构登基为宋高宗,重建宋朝。登基伊始,宋高宗赵构就要对金人割地求和,宗泽马上站出来极力反对,表示自己愿意"躬冒矢石为诸将先,得捐躯报国恩足矣"。因为宗泽自始至终求战态度强硬,南宋朝廷南迁之时,任命宗泽为东京留守、开封府尹,宗泽一到任,便整饬社会秩序,修筑城防设施,迅速稳定开封城内的局势。

此时,已经被金人占领的中原地区活跃着数十万义军。河东义军首领王善率军七十万,准备进占开封。面对金人威胁,年近七旬的宗泽竟然单骑进入王善大营,晓之以理,他握着王善的手流泪道:"朝廷当危难之时,使有如公一二辈,岂复有敌患乎!今日乃汝立功之秋,不可失也。"宗泽的大智大勇感动王善等人,这支义军归降朝廷,使得宗泽军威大振。建炎二年(1128),金人再次挥军进逼开封时,宗泽与麾下将领数次击败金兵,北方百姓敬称其为"宗爷爷"。

在北宋灭亡之际,宗泽自始至终都态度强硬地要求抗争,他虽然年近七旬,但是气势不减。留守开封府后,金人曾试探性派人出使以探虚实,宗泽径直派人拘留金使者,请求斩杀金使以壮气势。然而,宋高宗赵构正在忙着准备割地与金人议和,对宗泽的要求自然置之不理。针对宋高宗割地求和的想法,宗泽在建炎元年(1127)呈递了一篇《上乞毋割地与金人疏》。

在宗泽欲救徽宗、钦宗二帝的计划无人支持而失败后,宗泽是上书劝赵构登基即位的将领之一。他期望赵构登基后能够有所作为,然而面对高宗皇帝割地求和的想法,宗泽很难接受,这篇《上乞毋割地与金人疏》写得言辞恳

切而激烈。

宗泽在文章开始就直接明白地讲明，此天下非高宗赵构所缔造，乃宋太祖赵匡胤、太宗赵匡义所缔造，高宗赵构仅仅是继承这"天下"而已，并无举以送人的权力："臣闻：天下者，我太祖、太宗肇造一统之天下也，奕世圣人继继相承，增光共贯之天下也。"进而以急切甚至带有质问的口气表达对于割地求和的不满：

> 陛下为天眷佑，为民推戴，入绍大统，固当兢兢业业，思传之亿万世；奈何遽议割河之东，又议割河之西，又议割陕之蒲、解乎？此三路者，太祖、太宗基命定命之地也；奈何轻听奸邪附敌张皇者之言，而遂自分裂乎？

这样的言辞，出现在臣属呈递君王的文章中，显得非常激烈。宗泽质疑宋高宗，祖先创业不易，想要让后人守好基业传之万代。但宋高宗甫一登基便在谋划如何割弃祖先的基业以求保得自身的安全，这种"自分裂"的罪名加诸皇帝头上，宗泽的愤懑与不满溢于言表。

武将脾气暴躁固然难免，宗泽的脾气在宋朝武将中更加暴烈。《宋史·宗泽传》记载宗泽出生时，母亲刘氏梦到大雷电，宗泽是带着雷霆之威而降生的。故而宗泽自幼豪爽有大志向。入仕之后，宗泽任馆陶尉，暴烈的脾气和疾恶如仇的性格更是显露无遗。在馆陶境内，只要抓住逃跑的士兵当即处斩，县中有如此手腕强硬、雷厉风行的干才，县境之内盗贼绝迹，没有敢来作乱求死之徒。

继而，宗泽在文章中不客气地指责宋钦宗拥有天下，金人进犯时竟然未曾做一丝一毫的抵抗，最终导致被金人掠走。这样的文辞，几乎就是在指斥宋徽宗、宋钦宗被俘，根本就是他们自找，而宗泽留下的只能是一腔遗恨：

> 臣窃谓渊圣皇帝有天下之大，四海九州之富，兆民万姓之众，自金人再犯，未尝命一将，出一师，厉一兵，秣一马，日征日战，但闻奸邪之臣朝进一言以告和，暮入一说以乞盟。惟辞之卑，惟礼之厚，惟敌言是听，惟敌求是应，因循逾时，终致二圣播迁，后妃亲王流离北去。臣每念是祸，正宜天下臣子弗与仇方俱生之日也。

宗泽从夺回二帝不成后，一度对宋高宗赵构抱有厚望。他用一个胸腹间充满愤怒的男人的思维对宋高宗充满期待,以为"陛下即位,必赫然震怒,旋乾转坤,大明黜陟;以赏善罚恶,以进贤退不肖,以再造我王室,以中兴我大宋基业"。家国破灭,是举国之痛;君主被俘,是寰宇之耻。痛切而耻深,只要是有血性的男人,一定会励精图治,整顿河山以求有所作为。但是,宗泽看到的和期望中的全然不同,从宋高宗即位到上此疏,四十多天,宗泽看不到任何重整旗鼓的迹象,反倒是积极谋划割地求和,想要长居江南而不再北归。宗泽从历史的经验指出,这一投降偏安的思想,遂使天下乃成残山剩水,自毁长城:

> 是欲蹈西晋东迁既覆之辙耳,是欲裂王者大一统之绪为偏霸耳。为是说者,不忠不孝之甚也。既自不忠不孝,又坏天下忠义之心,褫天下忠义之气,俾河之东西、陕之蒲解,皆无路为忠为义,是贼其民者也。

在这篇文章中,宗泽作为一个武将,展现出自己长远的眼光和忠义的秉性。他率直地指出,如果想要学习西晋东迁,是自己把大一统的天下变成偏安的局面,是自毁基业。宗泽怒斥有这种想法的人是不忠不孝,坏天下忠义之心,褫天下忠义之气,涉及国家民生的内存精神力量,有入木三分之力度,实际上是在痛斥主张割地求和的宋高宗。

宋代文章之学正盛,文人士子执笔为文,风格迥异、气象万千,其中精品名篇不绝。秉笔作文,历来都是文士的专长,但是,读到南宋这些带有强烈爱国志气的文章,或慷慨陈词,或悲愤难抑,给人的感受又是不同。士人文弱,山河破碎,带给以读书为业的士人们更多的是国家民族的忧患意识、生死的冲击和强

宗忠简公集

烈的生命幻灭感,而在那些平日血战疆场的将领那里,国破家亡更增添了他们的怒气和拼死一决的豪情。虽然在文辞、结构上可能比较粗疏,但仅以慑人的气势和恳切的态度就能弥补这些不足。《上乞毋割地与金人疏》的最后,宗泽便表明了自己的态度:"臣虽驽怯,当躬冒矢石,为诸将先,得捐躯报国恩足矣。"前面

文章中,怒也罢、骂也罢,都挡不住愿意把七尺之躯付与朝廷,付与天下苍生,只要有一个圣明的君主,上下同心戮力,将以鲜血洗尽耻辱,重振乾坤。

宗泽这篇疏文,是针对专门之事而发,言辞恳切,情绪激动。疏文呈递之后,自然没有得到积极的回应。他是多么热切地希望能得到朝廷的支持和鼓励,只要皇帝下令,他即可率大军渡黄河、会合已然联络好的两河义军百万之众,一鼓作气驱除金人而收复失地。就在建炎元年(1127)十一月,宗泽指挥部队成功有效地组织了东京保卫战,痛击金人。

朝廷对宗泽急切求战的态度很冷淡,但宗泽力图恢复旧河山的心意一直没有改变,除了训练士卒、联络义军,他日常生活中十分留意可资提携的年轻将领,为日后的反击做着积极的准备。后来的抗金名将岳飞就是宗泽发现并提拔起来的。岳飞因为犯法将要被执行刑罚,宗泽"一见奇之",认为这是将帅之才,这时,恰好金人进攻汜水,宗泽交给岳飞五百骑要他击退金兵,戴罪立功。岳飞果然大败金兵而还,宗泽也借机提升岳飞为统制,岳飞从此开始,成长为一代名将。

《上乞毋割地与金人疏》没有得到朝廷积极回应,宗泽并没有心死。短暂的时间内,他接连上疏二十多次,其中有写于建炎二年(1128)的《乞回銮疏》,疏中宗泽催促宋高宗赵构回归开封,领导抗金斗争:

> 今河东河西不随顺番贼,虽强为剃头辫发,而自保山寨者不知其几千万人。诸处节义丈夫,不敢顾爱其身而自黥其面,争先救驾者,又不知几万数也。今陛下以勤王者为盗贼,则保山寨与自黥面者,岂不失其心耶?此语一出,则自今而后,恐不复有肯为勤王者矣!

他指出北方土地虽然被金人占领,百姓被强迫剃头留辫,但民心尚可用。有庞大的义军可资调用,配合官军反击金人。但宋高宗赵构却把这些可用的义军当作威胁自己统治的"盗贼",反而下诏"解散勤王兵"。宗泽不客气地讲,如果这样下去,皇帝以后再遇到紧急情况,将不会再有人来勤王。

类似这样的疏文,宗泽还在不断呈递,甚至在《谢传宣抚谕并赐茶药表》中,也在痛斥朝中主和大臣。这份表奏文章,原本是宋高宗表扬宗泽守备开封功绩甚大,赐给他茶药,他上表要表示谢恩,是一种礼节性的谢表。但就是在这样原本的官样文章中,宗泽不仅没有表达对皇恩浩荡的感动,反而痛斥朝中主和派为奸臣,指斥他们不顾江山社稷的卖国举动。

从政治上讲,宗泽的这种抗争是自毁前程的表现。读他的这些疏表文章,能体会到他"胆大于躯"的胆识和直截了当的行文风格,笔势峭拔,文风凌厉,毫不讳言地批评上至皇帝、下到权臣的投降行为。

宗泽的这些奏状中,充满了急切的心情,可以说他几乎无法在心平气和的状态下完成文章。金人步步紧逼,皇帝处处妥协、权臣时时胆怯,种种情形汇集成压力,把宗泽逼到了一种亢奋的状态之中。这样写成的疏表文章,慷慨激昂,不平之气充斥文中,表现出极强的感情张力,读来正气凛然,不可冒犯。

揆之以历史事实,可以看出宗泽的忧愤深广、热情急切,完全是有理由的。宗泽死后,继任的杜充,遂将宗泽费尽心力召集的义军视为盗贼加以迫害,遂使各路义军纷纷散去,致使宗泽苦心经营的开封防务被彻底破坏。当金兵再次南侵时,杜充惜命自保,竟然未曾对垒,便放弃开封,致使宋之防线从黄河一线而推至江淮,恢复河山的志愿到南宋灭亡都没有能够完成。

二十多次上疏劝谏,包括死前准备以死劝谏之"尸谏",宗泽始终没有等来期望中的君主"回銮"和反攻"过河"的命令,最终壮志难酬、忧愤成疾而亡。临终前,宗泽叹息着诵读杜甫的诗句:"出师未捷身先死,长使英雄泪满襟!"过了一会儿,又连呼三声"过河"而亡。"死之日,都人为之号恸,朝野无贤愚皆相吊出涕,太学之士千余人为文以哭泽"。

北宋灭亡之际,都城被破,君王被俘,宗室被掠走者数以千记,百姓被掠者数十万。那是真正的危亡之际,国家破碎,人民遭荼毒,文化遭毁弃,正是需要圣君贤臣同心戮力重振国威的时候。宗泽二十多封上疏,每一封都是一次呼告,他甚至打破常规把礼节性公文都要当作一次呼告的机会,希望自己一腔忠贞能上达天听。可惜他面对的君王只想着苟活,只想着保有皇帝之位,黄河北岸的天下,君王已经没有眺望的兴趣,仅为我们留下了宗泽的这二十多篇疏文,仔细看来,每一篇疏文都是一声急切的"过河"的高呼,这个至死都想要过河抗敌的爱国将领,最终没有能跨过黄河。

宗忠简公集

落日镕金,人在何处

——李清照《〈金石录〉后序》

宋代历史上,曾有过好几对模范夫妻,像梅尧臣与妻子谢氏,苏轼与他第一个妻子王弗,胡寅与妻子张季兰等等。他们的妻子温柔娴雅,有的虽不能识文断字,却天资聪颖,一笑一颦中,给予其伴侣心灵的慰藉;有的则受过良好的教育,深通文理,以女性的细腻体贴,把握了诗文的精妙,陪伴丈夫读书,谈诗论文,营造着生活的诗意境界。中国传统文人有着理想的家庭生活图景,而"红袖添香夜读书",则是他们对美满家庭生活的深情期待和想象,有人戏称之为中国文人心头的"红袖文化",确乎把握住了某些精神,还是有一些道理的。然而,在以"三纲五常"为家庭伦理准则的社会环境中,父母之命,媒妁之言虽然也造就了无数悲剧的婚姻,但也成就了许多的美好姻缘,而文化品位相当、审美趣味比较一致、琴瑟和鸣、红袖伴读的夫妻,还是令人神往,他们能够保持一种温雅、和谐的生活情况,"愿作鸳鸯不羡仙",是对这种美满生活的极大的肯定。

这些模范夫妻中,最著名、最理想化的一对乃赵明诚、李清照夫妇,后人羡慕他们精神上平等,生活中雅致而有情趣,称之为"伴侣型婚姻"(伊沛霞《内闱:宋代的婚姻和妇女生活》)

赵明诚与李清照夫妇是一对典型的"高级知识分子"。李清照才名卓著,她作为词人,能写出"婉转曲折,煞是妙绝"(陈廷焯《云韶集》)的词作,作为女性又能写出"气象宏敞"的咏史诗。赵明诚虽然也颇有文采,但无法与妻子相比。李清照那首著名的词作《醉花阴》背后,就藏着他们夫妇的一次文采"暗斗"。

据元代伊世珍的《琅嬛记》记载,李清照写了《醉花阴》一词,寄给赵明诚:

薄雾浓云愁永昼,瑞脑销金兽。佳节又重阳,玉枕纱厨,半夜凉初透。　　东篱把酒黄昏后,有暗香盈袖。莫道不消魂,帘卷西风,人比黄

花瘦。

词写九九重阳节，赵明诚读到"莫道不消魂，帘卷西风，人比黄花瘦"时，自愧不如，但心中又有不甘。于是，闭门谢客，花了三天时间，废寝忘食，填了五十首词，把李清照这首《醉花阴》混在其中，拿给好友陆德夫。陆德夫玩味再三，告诉他："只三句绝佳。"正是李清照《醉花阴》中的"人比黄花瘦"那三句。据此，可见李、赵夫妻二人的诗才之孰高孰低了。

李清照出身于书香门第，其父李格非有诗才，颇得苏轼赏识，其母乃状元王拱辰之孙女，能诗文。李清照生活在良好的家庭文学环境中，从小才思敏捷、博闻强记，接受了很好的文化教育。这种生长环境，在今天看来，是非常难得的。李清照女性的身份，使她无法追求科举功名，在这种书香环境中，无论是诗词曲赋的品读与写作，还是雅致的文人家庭濡染，都在向一个方向用力，即塑造一个闲适、敏感又才华横溢的才女。因为没有功利目标，读书、写作，都是服从于个人性情的需要，是一个完善、敏感、优美的内心世界的需要。这种教育，不仅仅停留在书卷册页之间，还有书法法帖的品读，文玩鼎彝的把玩，或者还有师长清谈雅叙时，屏风后面的偷听，这些内容丰富而多样的文化熏陶，造就了李清照典雅的内心世界，成就了一个有文化品位、没有很强功利心和能享受生活的才女。

这样一个才女，在婚后自然会极力营造一种充满文化意味的温雅的生活状态。正史中，对这对夫妻的记载比较少，他们的生活，都集中展现在李清照所写的《〈金石录〉后序》中了。这篇序文中记载了赵、李两人精致的婚后生活，以及这种精致生活如何在战乱中一点点被蹂损，乃至彻底破坏的全过程。

所谓"金石"，字面意思是古代镌刻文字、颂功记事的钟鼎碑碣之类物品。在《金石录》中，包括了金石书画、彝鼎砚墨等古代文玩。今人谈中国传统文化，好像

宋文·宋文

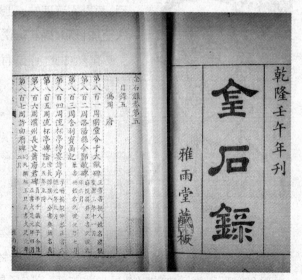
金石录

文化都是蕴含于古代诗书典籍之中，殊不知，古诗词和儒释道的经典，只能算中国传统文化的一端。古代人不是抽象地生活在文辞之中的，他们有鲜活的生活，他们的审美趣味和内心世界都会投射到现实的生活里，表现在他们的生活方式之中，而与文人相关的器物就沉淀了他们心中的美好感情。

这些器物，无论是铜鼎、瓷器，是书画、玉器，都给后人提供了一个溯流而上追寻古人内心世界的途径。《〈金石录〉后序》一文中，赵、李夫妻两人婚后的日常生活，就是陶醉在这种品鉴、把玩这些文玩器物的快乐之中。赵、李两家虽然都是书香世家，但皆非大富大贵之家，尽管喜欢文物，却无法尽情搜购。序文中记载了两人迷醉金石书画，以及为了获得它们的艰难。为了获取心中所爱，要典当衣、物，节衣缩食的情节尤为感人：

> 赵、李族寒，素贫俭。每朔望谒告出，质衣，取半千钱，步入相国寺，市碑文果实归，相对展玩咀嚼，自谓葛天氏之民也。
>
> ……
>
> 食去重肉，衣去重采，首无明珠翠羽之饰，室无涂金刺绣之具。

两人新婚时，李清照十八岁，赵明诚二十一岁，赵明诚还是一个太学生，虽然功课繁重，他还是要每半个月请假去一趟相国寺，用典当衣物所得之钱，购买碑文与果品，回家之后，两人展读碑帖，咀嚼果品。碑帖与果品，哪个滋味更加甘甜，确实难说。

虽然如此，还是有太过昂贵无法购买的东西：

> 尝记崇宁间，有人持徐熙《牡丹图》求钱二十万。当时虽贵家子弟，求二十万钱岂易得耶？留信宿，计无所出而还之。夫妇相向惋怅者数日。

李清照

心仪的书画，因为昂贵只能错过。恰如心爱之物，最终与自己擦肩而过。这种惋惜的感情是每个人都曾有过的，而对这样一对心怀热爱的人，就更值得叹惜。

当然，那段生活中的叹惜是少数的，更多的还是喜悦。李清照在序文中，为我们描摹了一种温和、雅洁的读书之乐：

> 后屏居乡里十年，仰取俯拾，衣食有馀。连守两郡，竭其俸入以事
> 铅椠。每获一书，即同共勘校，整集签题。得书、画、彝、鼎，亦摩玩舒卷，
> 指摘疵病，夜尽一烛为率。故能纸札精致，字画完整，冠诸收书家。余性
> 偶强记，每饭罢，坐归来堂烹茶，指堆积书史，言某事在某书某卷第几
> 叶第几行，以中否角胜负，为饮茶先后。中即举杯大笑，至茶倾覆怀中，
> 反不得饮而起。甘心老是乡矣！故虽处忧患困穷而志不屈。

两人在把玩金石碑帖之外，还共同读书、校勘古书，并展示了一种与读书有
关的高雅游戏：两人吃罢饭，烹好茶，相互提问所读书中的内容，考校彼此的记
忆力，记对了的饮茶，如此反复，尽情处，"举杯大笑，至茶倾覆怀中，反不得饮而
起"。虽然物质条件不够优裕，但温雅的情志有了，纯粹的快乐有了，虽然屏居乡
里，虽然生活清贫，纵有大富大贵，也不能交换这种幸福——"甘心老是乡矣！故
是处忧患困穷而志不屈"。赵、李夫妇两人，经营的是中国历史中最高贵、精致的
一种心灵的生活。

只是这种欢乐不能长久，金人的铁骑裹挟着漠北高原的风霜和血雨腥风，
在轰鸣的鼙鼓声的催促下，踏破了赵明诚、李清照们的清梦。序文中记载的生活
境况急转直下：

> 闻金人犯京师，四顾茫然，盈箱溢箧，且恋恋，且怅怅，知其必不为
> 己物矣。建炎丁未春三月，奔太夫人丧南来。既长物不能尽载，乃先去
> 书之重大印本者，又去画之多幅者，又去古器之无款识者，后又去书之
> 监本者，画之平常者，器之重大者。凡屡减去，尚载书十五车。至东海，
> 连舻渡淮，又渡江，至建康。青州故第，尚锁书册什物，用屋十馀间，期
> 明年春再具舟载之。十二月，金人陷青州，凡所谓十馀屋者，已皆为煨
> 烬矣！

"金人犯京师"，夫妇俩面临迁徙避难，而多年搜集来的文物书卷也都面临
转移时的选择，要择取最有价值的物品，就要放弃更多同样的心爱之物。之前凭
热情与爱好搜求的文玩，突然开始要根据价值高低来汰选，这对夫妇俩本身就
是一种折磨；而更加痛苦的是，明知这些遗留之物必将毁损于战火之中却还在

精心安置、保护。

　　但这才是痛苦的开始,随着战争发展,李清照失去的不仅仅是这些在选择中放弃的文物,先是赵明诚在奔波中因病去世,赵明诚临终时,"余悲泣,仓皇不忍问后事。八月十八日遂不起,取笔作诗,绝笔而终,殊无分香卖履之意",很是凄惨。当准备渡江逃难时,"时犹有书二万卷,金石刻二千卷,器皿、茵褥可待百客,他长物称是",大病中的李清照对此念念不忘,遂将这些文物送洪州,孰料"冬十二月,金人陷洪州,遂尽委弃。所谓连舻漓江之书,又散为云烟矣"。及至逃到浙江,从战火中带出来的文物已为数不多,"偶病中把玩,搬在卧内者,岿然独存",不意又为有势力者设法掠夺,"所谓岿然独存者,无虑十去五六矣!惟有书画砚墨五七簏,更不忍置他所,常在卧榻下,手自开阖。"但就是这点书画也被人窃去:

　　　　在会稽,卜居土民钟氏舍。忽一夕,穴壁负五簏去。余悲恸不得活,重立赏收赎。后二日,邻人钟复皓出十八轴求赏,故知其盗不远矣。万计求之,其余遂牢不可出。今知尽为吴说运使贱价得之。所谓岿然独存者,乃十去其七八。

　　在会稽的这次遇盗,夫妇俩多年的珍藏基本上损失殆尽,但这时,李清照还是要极力保留一点记忆,她身边只剩下"一二残零不成部帙书册,三数种平平书帖",但她"犹复爱惜如护头目,何愚也邪",这时候的喟叹,连无奈都说不上了,文字之间都是绝望。

　　《〈金石录〉后序》乃以血泪叙述着图书文物的聚散,记载着精致美好生活被无情打碎的悲伤与无奈。文章开篇说赵明诚撰《金石录》二千卷:"皆是正讹谬,去取褒贬,上足以合圣人之道,下足以订史氏之失者皆载之,可谓多矣。呜呼!自王播、元载之祸,书画与胡椒无异;长舆、元凯之病,钱癖与传癖何殊!名虽不同,其惑一也。"满含深情,又多悲凄无奈。而文末叙述书画散佚之后,重阅《金石录》时,深情追忆赵明诚校书景况:"今日忽阅此书,如见故人。因忆侯(赵明诚)在东莱静治堂,装卷初就,芸签缥带,束十卷作一帙,每日晚吏散,辄校勘二卷,跋题一卷。此二千卷,有题跋者五百二卷耳。"而战乱侵袭,物散人亡,令人无限感慨:"今手泽如新,而墓木已拱,悲夫!"又从历史上的图书文物丧毁之事说起,用一系列的问句,叩问苍天,表达其无尽的悲愤:

　　　　昔萧绎江陵陷没,不惜国亡,而毁裂书画;杨广江都倾覆,不悲身

死,而复取图书。岂人性之所著,生死不能忘之欤?或者天意以余菲薄,不足以享此尤物邪?抑亦死者有知,犹斤斤爱惜,不肯留在人间耶?何得之艰而失之易也?

　　多年之后,李清照在会稽的这段遭遇还是让读过此序文的后人动容,并带着一种痴愚的情怀要为她"报仇"。据说,明代时候,内阁首辅张居正就曾为此文动容。他做首辅大臣时,一次听到一名姓钟的手下操浙江口音,问道:"你是会稽人吗?"手下回答:"是的。"张居正脸色大变,怒气大盛。虽然这个手下解释说自己家里新近从湖广一带迁居会稽的,还是难消张居正的怒气。不久,就被张居正贬黜。后人在《玉茗琐谈》中解释此事,说钟姓官员是因为与《〈金石录〉后序》中盗窃讹诈李清照卧榻之下文物的钟复皓同乡、同姓,才遭到张居正的贬黜。由此可见张居正受《〈金石录〉后序》感染之深。

　　作为一篇序文,《〈金石录〉后序》实在是一篇文情并茂的佳作。虽然此文体例属于序跋文,但实际上是一篇自叙文。后人常把此文当作赵明诚与李清照的合传来读。李清照才华横溢,也擅长写四六骈文,但这篇序文却纯然用散体写成,丝毫没有文采的卖弄。整篇文章中,处处含情,文中始终包含着自己对丈夫的感情,对往日精致生活的留恋,这种感情贯穿其间,也成为整篇文章的推进轨迹。

　　从序文中看,赵明诚与李清照的生活是悲剧的。人们对悲剧的定义很多,最简单晓畅的说法是,把美好的事物揉碎了给人看。《〈金石录〉后序》中,我们看到的恰好是这样的一个过程。赵、李两人的感情因为战争被斩断,人也阴阳两隔。由这种痛苦带来的感情支撑整篇序文,使文章"非为文而造情",成为一篇"不求工而自工"的好文章。

　　对于旁观者来看,赵明诚与李清照那种高雅、精致的生活被战火损毁,也足以让人叹惜再三。文化和文化中蕴含的感情都是人类社会前进过程中最珍贵,也是最脆弱的。赵、李二人的生活很像宋代名窑中精心烧制的汝窑瓷器,有"雨过天青"的透亮、温和与珍贵,却也和所有名瓷一样容易被击碎,而一旦破碎,就难以弥补。这种碎裂,在中国文化历史中比比皆是,又不仅仅是赵明诚、李清照两人生活这一例了。

　　只是,这种破碎之后的痛惜,李清照确实感受深刻,也因为她才华卓著,文辞便给,使得这篇文章做到了叙事、抒情的完美统一,作者的才华与学养从这篇文章中得到大家的认同,博得好评:"才高学博,近代鲜伦""有此文才,有此智识,亦闺阁之杰也",李清照也因此文而成为中国散文史上的名家。

干戈去罢忆故国

——孟元老《东京梦华录序》

《东京梦华录》的作者孟元老是个怀旧之人，他的身世难考，《四库全书总目提要》中讲"元老始末未详，盖北宋旧人"。宋钦宗靖康二年（1127），金人击破北宋都城，掠走宋徽宗、宋钦宗和太妃、太子、皇家宗室三千人，宗庙毁弃，人民罹难，北宋灭亡。金人铁骑过处，到处残垣断壁，曾经壮丽辉煌、繁华如梦的北宋都城也随着战火烟消云灭。为避战祸，大批臣民逃往南方，孟元老即是其中之一。身世不明，但以"北宋旧人"称呼孟元老却相当恰切，逃难到江南时，他已经不复年轻，而且面对江南陌生的环境，孟元老忍不住对年轻后辈讲一讲旧都的繁胜，而"后生往往妄生不然"——认为孟元老所讲不实，乃梦中语也。在《东京梦华录》中，笔触所及都是"故都旧君之思"，而《东京梦华录序》中更是掩饰不住自己的故国之思。

孟元老人生中最美好的时光大致都是在北宋都城东京汴梁度过的，山河变故，远避江南之后，物事皆非，更容易让人怀恋故里，兼及思念曾经的美好时光。《东京梦华录》中，孟元老谈国家祀典，风物制度，里巷风俗，旧日的生活霓虹般

的美妙惬意，但现在只能变成梦影，在梦中安慰自己。这篇序文中，孟元老解释"梦华"的意思，"古人有游华胥之国，其乐无涯者"。华胥梦游，是《列子》中黄帝梦中游览华胥国的故事。传说中的华胥国，在日入之地的弇州之西，台州之北，距中

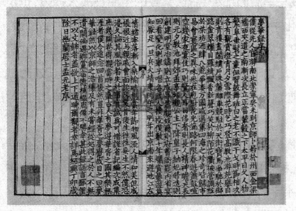

东京梦华录

国非常遥远,借助舟车很难到达,想要去观览只能靠梦中神游。华胥国是个理想中的国度,这个国家里,人们不分高低尊卑,生活中的一切都处在自然状态。人们没有欲望和嗜好,大家热爱自然,这里的人们有特殊的禀赋,他们入水不溺,入火不热,既能在空中疾奔,又能在空中睡觉,迷雾挡不住他们的视线,雷霆也搅乱不了他们的听觉,事物的美丑善恶迷惑不了他们的心智,山岳沟壑阻止不了他们前进的脚步。因此,他们过着无灾无病、无忧无虑、无爱无憎、无畏无惧的生活。

书中写道,黄帝看到华胥国的人过着如此美好的生活,不禁叹道:"妙哉,华胥也。"这声感叹把黄帝从梦中惊醒。梦醒后,黄帝非常感慨梦中华胥国的美好与安逸,在和大臣们说道华胥国时,黄帝把华胥国的生活当作一种理想生活的范本,希望自己的臣民也能过上这种和平相处、不忧生死的美好的生活。

黄帝梦醒后感叹"妙哉",心中想着如何才能在人间建立这样的国度。孟元老迁居江南多年,昔日汴梁的美好生活在梦中重现,梦醒后只能黯然神伤地慨叹之前生活是如何美妙。同样是"妙哉"之叹,感情上却差之千里,一向往一痛惜,孟元老心中更多是悲戚与无奈,"仆今追念,回首怅然"。孟元老早年在汴梁的生活,恐怕很像刘屏山《汴梁绝句》中描述的那样,"忆得少年多乐事,夜深灯火上樊楼。"看看《东京梦华录》中他对汴梁城繁华市井的描述,就能体味出他当年的快慰。只是,现在只留怅然,而且这些怅然之中还有了一些担忧,岁月更迭,往事飘散,"诚为可惜"。于是,他要把记忆中的汴梁城重新描摹出来,"庶几开卷得睹当时之盛"。以序文体例而言,交代写作缘起是通例,只是孟元老写作的意图中却饱含"黍离"之思,故国风物、故国月色借笔墨展现眼前,更像是在挽悼故国和自己的美好年华。孟元老的后人是否会在《东京梦华录》中熟悉前辈们的生活,今人不得而知,但这本书却着实给我们打开一扇异彩纷呈的了解北宋京城的窗户。

序文开始,孟元老交代了自己随家人宦游至汴梁,在太平无事的环境中长大,已经习惯了这种相对悠悠缓慢的生活节奏,除一日三餐之外,繁华的汴梁城为爱好热闹的年轻人提供了无尽的可能和曼妙的生活:

宋文·宋文

> 仆从先人宦游南北,崇宁癸未到京师,卜居于州西金梁桥西夹道之南。渐次长立,正当辇毂之下,太平日久,人物繁阜。垂髫之童,但习鼓舞;班白之老,不识干戈。时节相次,各有观赏。灯宵月夕,雪际花时,乞

巧登高,教池游苑。举目则青楼画阁,绣户珠帘,雕车竞驻于天街,宝马
争驰于御路。金翠耀目,罗绮飘香。新声巧笑于柳陌花衢,按管调弦于茶
坊酒肆。八荒争凑,万国咸通。集四海之珍奇,皆归市易;会寰区之异味,
悉在庖厨。花光满路,何限春游。箫鼓喧空,几家夜宴。伎巧则惊人耳目,
侈奢则长人精神。瞻天表,则元夕教池,拜郊孟享。频观公主下降,皇子
纳妃。修造则创建明堂,冶铸则立成鼎鼐。观妓籍则府曹衙罢,内省宴
回;看变化则举子唱名,武人换授。仆数十年烂赏迭游,莫知厌足。

总述一笔,一年四季,各种佳节都热闹异常,各有可观之处,可以观灯,可以
赏花。抬头举目,楼、阁、户、帘,行走城市之中,天街、御路、柳陌、花衢、茶坊、酒
肆,整个城市都被罗列在纸上。因为"万国咸通",而有"集四海之奇珍,会寰区之
异味"可饱口福。更幸运的是,在这座大城里,还能猎奇一样看到公主出嫁,皇子
纳妃。衣食住行、声色犬马,虽然是千年之前,在孟元老的笔下,感受到的竟然像
是一个色彩斑斓、使人迷醉的现代都市。这段描写,作者极重语言的色彩运用,
以四字为主的骈俪结构,从视觉到文字音韵的听觉感受上都是极尽奢华的。这
部分序文中,孟元老极力铺陈罗列,很像他一个人在喋喋不休、不厌其烦地回忆
往事,他所描述的东京城,其实应该与张择端的《清明上河图》配合起来阅读赏
玩,翻开书页,就像是把热闹的东京城展开在眼前。

一切的繁华豪奢,在序文中由"一旦兵火"四个字打碎。孟元老从"渐次长
立"一变而成"渐入桑榆",无论从身份上还是年龄上,孟元老都真正变成一个旧
人了,而那些新声巧笑,现在恐怕也已经暗哑不堪,那个色彩艳丽的城市,突然
黯淡下来,"情绪牢落","节物风流,人情和美,但成怅恨"。仅从文辞的色彩上对
比,就像从极尽视听享受的电影大片一下跌落到黑白影像的默片之中,而这种
对比越强烈,黍离麦秀之感就越鲜明。显然,东京汴梁城的繁华生活,描摹得越
形象、细腻、生动,孟元老对故国的情感越浓烈,其怅恨亦更为痛切心魂。

在序文中,孟元老所描述的汴京城四时的景致,基本上是书中涉猎内容的
浓缩,而相比于后人笔下描绘的城市,可以看出孟元老描绘点画的汴京城充满
了世俗的烟火气息。那时的汴京城中已经出现了"早市"和"鬼市",市民们夜生
活延长,促使长期实行的"宵禁"制度取消。很多店铺夜市三更才打烊,五更又重
新开张。有些茶坊每天五更天点灯开张,拂晓时打烊收摊,这样的市场被称为
"鬼市",孟元老当时年少,应该也曾跟随人在五更天时在城中"鬼市"里游荡过。

序中提到汴京城"集四海之奇珍，会寰区之异味"，书中就罗列出至如梅花包子、莲花鸭签、百味羹、荔枝腰子、樱桃煎、芭蕉干、西京雪梨、狮子糖、还有八十一文一角的羊羔酒、曹婆婆的肉饼等等，种类之繁多，叫人垂涎不已，我们有理由相信，孟元老不厌其烦地记下这些美食的时候，也是吞咽着涎水的。

最让人赞叹叫绝的是，在提到汴京城中公主出嫁、皇子纳妃时上演的"百戏"的场景时，孟元老将那些纷杂的人物和宏大的场景细致地记录下来。卷七的《驾登宝津楼诸军呈百戏》和卷九的《宰执亲王宗师百官入内祝寿》中，前者描述的是禁军各部为皇帝表演百戏的场景，后者描述的是文武百官、各路民间艺人、儿童表演队和女童舞队等为皇帝祝寿的场景，场面庞大、花样丰富、人员众多、服饰繁杂，让人眼花缭乱、目眩神迷。

在没有影像记录手段的宋朝，我们需要叹服孟元老绝佳的记忆力。同时我们也发现，孟元老并没有作为《东京梦华录》的主人公出现，他隐身在繁华场景的人群中，而他对往昔场景的记忆和描写越细致，就越能感觉到他隐藏在人群中和文字背后的繁华破灭的怅恨。

从《东京梦华录序》中，我们看到的是一个想记录曩昔旧事，不想让后人无端忘却当时盛状的回忆者和记录者。但翻开书页之后才发现，孟元老的心劲是要用文字把那个记忆中的汴京复制出来，留给后人一座纸上的城池。孟元老是个"旧人"，他需要在旧人、旧物、旧俗中缅怀自己的一生，写下自己对故国的深挚情思和无限眷恋。

宋文·宋文

怅望关河空吊影

——岳飞《广德军金沙寺壁题记》

岳飞出生在宋徽宗崇宁二年（1103）。宋徽宗是个擅长诗、画和书法的风流天子，治理国家，经世济民，却全无能力，国事为以蔡京为首的"六贼"把持，国势日渐衰微，危机四伏。

岳飞出生之时，恰好有一只大鹄鸟落在岳家屋顶上，这让岳家人非常惊喜。父亲岳和希望这是个吉兆，希望刚出生的儿子能有所作为，如大鹏展翅一般，便给新生儿取名为"飞"，字鹏举。岳飞少年时，爱好读书，又膂力超人，跟随同村武艺高超的周同为师，学得一身本领。

岳飞20岁时，朝廷下诏要征讨辽国，岳飞首次投军，以为自己可以借此获得为国家效力的机会。在战场上，岳飞屡获战功，但羸弱无能的统军将领与不思进取的朝廷使得征辽失败，岳飞也因为父亲病故而回家守丧。宣和六年（1124），守丧结束的岳飞再次从军，这时，他面对的是金军正在准备全面进攻宋朝。这次从军，岳飞因战功被授"进义副尉"，在战场上似乎开始崭露头角，但却因部队被击溃，夜间渡河时丢失了能表明身份的"告身"，不得已重新回到家乡。靖康元年（1126），金军大举进攻宋朝，意图灭亡宋朝，岳飞为赴国难，又一次投军，此次投军后，岳飞预感到战争局势险恶，短暂时间里恐怕很难回到故乡，岳飞的母亲深明大义，勉励岳飞"从戎报国"，岳飞由此踏上抗金战场，从此再未回过故乡。

宋文·宋文

这次投军，岳飞在老帅宗泽属下刘浩的部队里，此时"靖康之难"已经发生，宋徽宗、宋钦宗被金人掳走，举国上下击溃金军、迎二圣的呼声很大，新登基的宋高宗却一味退避，岳飞忍无可忍写了封千言的《南京上皇帝书》，此举却导致岳飞受到"夺官归田里"的处分。受处分离开南京后，岳飞在大名府第四度投军，被提拔为"准备将"，为王彦部下。

南宋建炎二年（1128），岳飞与主帅王彦意见不合，违反军纪，意气用事，擅自带领属下部队脱离王彦指挥,前往东京投奔老师宗泽而来。还没有见到宗泽,岳飞就已经被人告发,被捕后等待军法处置。

擅自脱离部队,岳飞被判处斩,性命几乎不保。幸运的是,临刑前碰到了宗泽。宗泽爱才,便命令松绑,把岳飞留在军前候用。不久,金军进犯汜水关,宗泽起用岳飞,命他带五百名骑兵,前去破敌。汜水关前,岳飞智勇双全,用计破敌,大败金军。凯旋之后,立即被升为统制官,不久又升为都统制。此前岳飞几次投军,因为种种原因都不得志,这时,在抗金的战场上,岳飞终于遇到自己的伯乐,有了大展雄才的机会。

建炎三年(1129)秋天,金将金兀术率兵大举入侵南宋,意图迅速灭亡南宋,占领整个江南。战端始开,提前得到消息的宋高宗便渡过钱塘江,逃到越州。负责统帅大军的将领杜充也临阵脱逃,致使建康失陷,军心大乱。危乱之际,岳飞收拢部队,向广德转移,想要在这里整顿部队,准备在金军背后牵制敌人。

入侵的金军攻陷建康后,一路高歌猛进,攻陷杭州。此时,宋高宗正忙着抱头鼠窜,一路逃到海上。金军一路所向披靡,岳飞却带领部队在他们身后四处出击,在金军身后作战。岳飞先派人收复溧阳县,又率兵袭击金军殿后部队,斩首一千二百六十颗。此外,岳飞从老帅宗泽那里学会了分化瓦解金军。利用金军内部的矛盾,夜袭金军大营,烧毁金军辎重、粮草。岳飞所率部队在广德境内六战六捷。

还是在广德,军中粮食匮乏,又无法得到政府支援。岳飞与母亲商量后,捐献家财以购买军粮。战乱之际,宋军士兵经常四处劫掠百姓,而驻扎广德的岳飞则严令部下不许侵犯百姓,做到秋毫无犯。这支由岳飞打造而成的纪律严明的部队,威望很高。金军中也有人归降岳飞,并称岳飞所辖部队为"岳爷爷军"。

这次广德驻军,为岳飞带来极高声望,后来声震四海,令金人望之披靡的"岳家军"的雏形开始形成。年轻的岳飞在广德境内的战斗中也开始首次完全独立地指挥战斗,他卓越的军事指挥才能已经完全显露出来。

为了解决军粮问题,岳飞带领部队从广德

岳飞

还我河山

转移到宜兴。战乱之中，岳飞所率部队军纪严明，驻扎宜兴时，还击败当地兵匪流寇，宜兴也赖岳飞所部而获得安宁。宜兴当地人感念战乱之中岳飞率兵保全他们的家园和性命，甚至为岳飞建立"生祠"，挂起岳飞的画像，祀以香火。

从散乱中重整部队到驻扎宜兴，伺机攻击金军，岳飞率军在江南作战四个多月，无一败绩。为此，岳飞将战绩汇总写了《广德捷奏》向朝廷奏报，奏状写道："恭依圣旨，将带所部人马，邀击金人，至广德军见阵，共斫到人头一千二百一十六级，生擒到女真、汉儿王权等二十四人。并遣差兵马，收复建康府溧阳县，杀获五百余人，生擒女真、汉儿军，伪同知溧阳县事、渤海太师李撒八等一十二人。金人回犯常州，分遣兵马截击掩杀，四次见阵，拥掩入河，弃头不斫，生擒女真万户、少主勃堇、汉儿李渭等一十一人。委是屡获胜捷。谨录奏闻，伏候敕旨。"这个阶段的胜利，是岳飞独立指挥作战所取得的胜利，不仅为自己赢得了声望，而且部队规模得以扩大，又获得战功，驱除鞑虏的意念在岳飞心中更加坚定。

在凯旋的途中，岳飞意气风发，在金沙寺墙壁上题词：

> 予驻大兵宜兴，沿干王事过此。陪僧僚谒金仙，徘徊暂憩，遂拥铁骑千余，长驱而往。然俟立奇功，殄丑虏，复三关，迎二圣，使宋朝再振，中国安强。他时过此，得勒金石，不胜快哉！建炎四年四月十二日，河朔岳飞题。

岳飞虽为武将，但能文能武，所写的文章别具特色。他的戎马生涯之中，有好几篇上书，言事论政，慷慨陈词，与宗泽这些老帅的文章风格颇似。从这篇题记中，能读出一个得胜归来、意气风发的年轻将领的内心情怀。在广德、宜兴附近与金兵的战斗，给岳飞带来了充分的自信。从靖康之变开始，金兵肆虐神州大地，宋军与金兵相逢，败多胜少，能否彻底击败金兵，能够恢复故国，南宋君民其实内心都是疑惑的。作为一名年轻将领，是否有这种潜在的焦虑我们不得而知，但这几个月的战斗给岳飞和自己的部属带来了充足的信心，他由此产生了"立奇功，殄丑虏，复三关，迎二圣，使宋朝再振，中国安强"的豪迈之情，短短几十字中,气吞山河,慷慨动人。

类似的题壁文章,岳飞在四五年前还有过一篇。南宋绍兴元(1131),岳飞奉旨率兵从江阴出发去江西潘阳讨伐李成,途经祁门,夜憩东松庵,有一篇题壁文,题记曰:

> 余自江阴军提兵起发,前赴饶郡与张招讨会合。崎岖山路,殆及千里,过祁门西约一舍余,当途有庵一所,问其僧,曰"东松"。遂邀后军王团练并幕属随喜焉。观其基址,乃凿山开地,创立廊庑,三山环耸,势凌碧落,万木森郁,密掩烟霭,胜景潇洒,实为可爱。所恨不能款曲,进程遄速,他日殄灭盗贼,凯旋回归,复得至此,即当聊结善缘,以慰庵僧云。绍兴改元,仲春十有四日,河朔岳飞题。

两篇题记文章相比,这篇文章就显得更加从容自如一些。一般在寺庙的题记文章,都会提及庙宇规模、僧众多寡,或者简笔勾勒一下周围山川景致。岳飞在祁门这篇题记文基本上中规中矩,然后就能理解题写金沙寺题记文时,岳飞自己内心的感情是如何激荡。

在墙壁上题写诗文这种体式,盛于唐朝,宋朝时这种风气仍盛行不衰,题壁诗文虽然都是题在墙壁上,一般以题壁诗为多,所题墙壁又有寺壁、石壁、邮亭壁、殿壁、楼壁之分。这种文体多为有感而作,多是作者有所寄托。一般题壁者都会把政治抱负、志趣爱好写在上面,也有发思古之幽情的。《水浒传》中,宋江醉酒后题写在浔阳楼上的题壁诗,就是抒发自己的政治抱负,而这给宋江惹来杀身之祸,差点送了性命。

宋文·宋文

岳飞的这篇题壁文,核心是要击破金兵,恢复山河,迎回被掠走的徽宗和钦宗。这个想法在他的诗文中反复出现,《五岳祠盟记》中,他也表达过"北逾沙漠,喋血虏廷,尽屠夷种,迎二圣归京阙"的志愿。然而,军事斗争是政治斗争的延伸,岳飞当时年轻,一心想着只要军事上获得胜利,就能完成这个志愿,此后岳飞与金兵激战上百次都能取得胜利。但岳飞当时年纪尚轻,对于世路艰险和人心叵测都认识不深,他所期待的击破鞑虏,宋高宗是乐意的,但迎回二圣则使宋高宗颇为忌惮。而这一点正好导致了岳飞被陷害而杀戮的千古遗憾。

岳飞是南宋抗金斗争中的名将,戎马一生,大部分时间在战马上度过,虽然能文,终归不如朝臣和文士们有时间经营文字、选词炼句。他的文集中有数篇题壁文,都是他在战争间隙所做,这些文字虽然不如他的《满江红》广为人知,但能够及时记录岳飞当时的心情,且文辞简洁有力,气势雄阔,都是值得一读的精美小品。

岳武穆集

几人真是经纶手

——辛弃疾《美芹十论》

辛弃疾是山东历城人,他出生的时候,中原已经被金兵占领。其祖父辛赞是一位饱学之士,秉性刚直,教育辛弃疾爱国爱民,应具有经世济民的抱负,因而辛弃疾在文化上的根脉并未断绝。金朝沿用宋朝科举制度选士,考试内容仍然是儒家经典,辛弃疾从小受儒家教育,又喜好阅读兵书,儒家和兵家思想对他一生都影响很大。

十五岁前后,辛弃疾也曾前往金朝都城燕京参加科举考试,借此深入河朔之地,考察金人之虚实。辛弃疾不满足于对儒家经义的解释,空有儒生之名,反而主张将儒家思想付诸实践,落实到修身治国的具体事务上,有很强的经世济用思想。辛弃疾心中的儒士是文武兼备的"真儒"。他的《水龙吟》词中写过:"算平戎万里,功名本是,真儒事,公知否。"这时,为何读书,读书以后何为? 这些问题在辛弃疾这里都已经解决了。他有强烈的功名心,想要收复故土,恢复中原。

辛弃疾家族中,曾经出过不少将领,他在诗中曾自豪宣称"家本秦人真将种",因为这个缘故,他很留意军事韬略之类的书,也喜欢结交懂兵法的朋友,僧义端因为"喜谈兵",辛弃疾就很乐意与他交流。胸怀大志,则行为举止都是为成就志向而准备的,他两次赴京考试,都在细致探查金朝内部军事、政治动向,了解北方山川地貌,为以后的起事做准备,对一个年轻人,能有如此胆识,如此才干,实在难得。

绍兴三十一年(1161),金主完颜亮征发数十万部队,准备南下进攻南宋。当时金朝内部矛盾重重,在完颜亮率军攻宋的第二天,金朝内部就发生了政变,饱受金人压迫的北方汉族百姓也揭竿而起,起义的义军中,比较重要的一支便是由辛弃疾带领的。为团结力量,辛弃疾率众投奔当时活跃在山东一带由耿京领导的起义军,这支起义军四处联络人马,很快规模扩大到数十万人马。之前曾与

宋文·宋文

辛弃疾交好并常一同谈兵的义端，在归附耿京不久后，就私自窃取耿京大印，投奔金人，被辛弃疾追杀之。军队规模扩大，辛弃疾乘机劝说耿京归附南宋，协力图谋恢复故土。耿京便派贾瑞前往南宋联络，辛弃疾与之同行。然而，当贾瑞、辛弃疾完成使命返回山东时，耿京已经被部下叛将张安国杀害，张安国等人投降金廷。辛弃疾筹划恢复中原大计多年，被张安国破坏，岂能容忍，便与贾瑞等将领商量，乘张安国不备，率五十轻骑突入金营，生擒张安国，并一路南行，把张安国押解临安，交给南宋朝廷，斩首于市，这种壮举为时人称颂。这时的辛弃疾仅有二十多岁，这段军旅生活与快意恩仇的豪情岁月直到辛弃疾年迈时仍怀恋不已。

回归南宋之后，宋高宗任命辛弃疾为出任江阴军签判。在江阴任上，辛弃疾努力结识力图恢复故土的抗金人士，又利用多种机会发表、宣传自己恢复中原的想法和方略。隆兴元年（1163），宋孝宗继位，任命张浚为枢密使，准备北伐。宋孝宗在南宋诸帝中算是愿意有所作为的一个皇帝，继位后，立志光复中原，他恢复被诬陷至死的名将岳飞的名誉，谥号"武穆"，剥夺秦桧的官爵。

准备北伐的消息让辛弃疾非常兴奋，难抑激动之情的辛弃疾冒昧求见张浚，当面阐述了自己的用兵计划，然而人微言轻，最终没有被接受。不久后，张浚北伐，因为准备不充分，以及将领相互之间不能配合，导致大败，南宋朝廷中主和派又占了上风。隆兴二年（1164）秋，辛弃疾在从江阴签判任上改任广德军通判，回归南方有年，而恢复中原大业仍然没有头绪，辛弃疾便将多年来对恢复中原大业的思考整理起来，写成《美芹十论》。乾道元年（1165），辛弃疾不顾官职低微，越级上书，将《美芹十论》呈递给宋孝宗。

《美芹十论》是一篇宏文巨著，共分十个部分，分别谈到辛弃疾所思考的在与金人作战时需要注意的各个方面，分有《审势》《察情》《观衅》《自治》《守淮》《屯田》《致勇》《防微》《久任》《详战》共十篇。文章的导论部分中，辛弃疾写道：

> 臣闻事未至而预图，则处之常有余；事既至而后计，则应之常不足。虏人凭陵中夏，臣子思酬国耻，普天率土，此心未尝一日忘。臣之家世，受廛济南，代膺阃寄，荷国厚恩。大父臣赞，以族众拙于脱身，被污虏官，留京师，历宿、毫，涉沂、海，非其志也。每退食，辄引臣辈登高望远，指画山河，思投衅而起，以纾君父所不共戴天之愤。常令臣两随计利抵燕山，谛观形势，谋未及遂，大父臣赞下世。粤辛巳岁，逆亮（完颜亮）南寇，中原之民屯聚蜂起，臣常鸠众二千，隶耿京，为掌书记，与图

恢夏,共籍兵二十五万,纳款于朝。不幸变生肘腋,事乃大谬。负抱愚忠,填郁肠肺。官闲心定,窃伏思念:今日之事,朝廷一于持重,以为成谋,虏人利于尝试,以为得计,故和战之权常出于敌,而我特从而应之。是以燕山之和未几而京城之围急,城下之盟方成,而两宫之狩远。秦桧之和,反以滋逆亮之狂。彼利则战,倦则和,诡谲狙诈,我实何有!惟是张浚符离之师,粗有生气,虽胜不虑败,事非十全,然计其所丧,方诸既和之后,投闲踡躏,由未若是之酷。而不识兵者,徒见胜不可保之为害,而不悟夫和而不可恃,为膏肓之大病,亟龂舌以为深戒。臣窃谓恢复自有定谋,非符离小胜负之可惩,而朝廷公卿过虑,不言兵之可惜也。古人言不以小挫而沮吾大计,正以此耳。

恭惟皇帝陛下。聪明神武,灼见事机,虽光武明谋,宪宗果断,所难比拟。一介丑虏尚劳宵旰,此正天下之士献谋效命之秋。臣虽至陋,何能有知,徒以忠愤所激,不能自已。以为今日虏人实有弊之可乘,而朝廷上策惟预备乃为无患。故罄竭精恳,不自忖量,撰成御戎十论,名曰《美芹》。其三言虏人之弊,其七言朝廷之所当行。先审其势,次察其情,复观其衅,则敌人之虚实吾既详之矣;然后以其七说次第而用之,虏故在吾目中。惟陛下留乙夜之神,沉先物之机,志在必行,无惑群议,庶乎"雪耻酬百王,除凶报千古"之烈,无逊于唐太宗。典冠举衣以复韩侯,虽越职之罪难逃;野人美芹而献于君,亦爱主之诚可取。惟陛下赦其狂僭而怜其愚忠,斧质余生,实不胜万幸万幸之至。

辛弃疾回顾了自己在金国生活时,如何率领义军、联络朝廷,可惜有叛将扰乱,恢复中原之事功亏一篑。讲述了自己南归的初衷和力图恢复家园的愿望,并指出如果想要恢复故土,一定要能审时度势,知己知彼,并抱有必胜的信心,才能雪耻而立不世之功。

文中,辛弃疾用《审势》《察情》《观衅》三篇对金国的优点和劣势分别做了分析。他认为用兵要分清"形"和"势"。"形"是"土地""财赋""士马",即战争中必须考虑的后勤方面的问题,未提开战而言后勤与经济实力,并把这部分内容放在首要位置来谈,显示出辛弃疾卓越的军事素养。"势"则是要求战争的双方要对各种决定战争走势的因素做出正确分析和判断。在辛弃疾看来,金国虽然地域广大,财力和人力上都强于宋,但金国处于一种上下猜疑的状态中,民心分离,军心不一。只要能充分掌握了解金国国内情况，善于分析敌情，"神闲而气定"，便能克敌制胜。在这些纷杂的形式中，最有利于宋朝的还是中原民心的向背。金国统治中原地区，虽然有一些形式上的优待政策，完颜亮主政时，甚至还曾宽大地允许中原民众自由选择衣冠装束，但统治者对汉族百姓的压迫仍然十分严重，辛弃疾曾在金人统治的中原地区生活过，对这个情况非常熟悉。

他列举道，绍兴末年金主完颜亮的南侵之所以失败，很重要的一个原因就是中原人民"忿怒纷争，割据纷起"。在这个基础上，辛弃疾在《观衅》篇中讲道：

> 二百年为朝廷赤子，耕而食，蚕而衣，富者安，贫者济，赋轻役寡，求得而欲遂，一染腥膻，彼视吾民如晚妾之御嫡子，爱憎自殊，不复顾惜。方僭割之时，彼守未固，此谋未定，犹免强姑息以示恩，时肆诛戮以贾威；既久稍玩，真情遂出，分布州县，半是胡奴，分朋植党，仇灭中华。民有不平，讼之于官，则胡人胜，而华民则饮气以茹屈；田畴相邻，胡人则强而夺之；孳畜相杂，胡人则盗而有之；民之至爱者子孙，签军之令下，则贫富不问而丁壮必行；民之所惜者财力，营筑馈饷之役兴，则空室以往而休息无期；有常产者困窭，无置锥者冻馁。民初未敢遽叛者，犹徇于苟且之安，而怵于积威之末。辛巳之岁相挺以兴，矫首南望、思恋旧主者，怨已深，痛已巨，而怒已盈也。

凭借这一点，辛弃疾相信，因为"民心叛服"，金人现在并不敢轻易动兵。彼弱我强，金人的弱点，正是宋朝廷要努力争取之先机。

能知金人的劣势，还需要宋朝君民一致发愤图强。辛弃疾提到，宋朝全国上下应该统一思想，"以光复旧物而自期，不以六朝之势而自卑"，这段话其实切中了南宋君民的要害。在南宋，虽然有不少仁人志士始终在谋划着希望能够北伐恢复故土，但举国上下从来都没有形成过统一的认识，相当一部分人还在希望继续通过向金国称臣、纳贡，换来一点可怜的苟且偷安的日子；同时，因为避居江南，人们也愿意把自己和南北朝的南朝相比，一方面认为长江之险完全可以自处，一方面抱着"南北有定势，吴楚之脆弱，不足以争衡于中原"的态度，自以为弱势，在心理上首先比金人矮上一头，自然没有与之争胜的勇气了。南宋朝廷上也有不少臣属，就是在这样思想的促进下，一味强调讲和，耽误了恢复中原的大计。

如果朝廷能确定上下同心恢复故土的政策，就一定要考虑具体的攻防策略。这是《美芹十论》中在战略上一定要谈到的问题，虽然南宋偏于东南，国土面积已经大不如前，但是与金国接壤的国境线很长，必须要有良好的防御政策。辛弃疾提出《守淮》的方略：

> 且环淮为郡凡几？为郡之屯又几？退淮而江为重镇，曰鄂渚、曰金陵、曰京口，以至于行都扈跸之兵，其将皆有定营，其营皆有定数，此不可省也。环淮必欲皆备，则是以有限之兵而用无所不备之策。兵分势弱，必不可以折其冲。以臣策之，不若聚兵为屯，以守为战，庶乎虏来不足以为吾忧，而我进乃可以为彼患也。
>
> 聚兵之说如何？虏人之来，自淮而东，必道楚以趣扬(扬州)；自淮而西，必道濠以趣真(真州)，与道寿(寿州)以趣和(和州)；自荆襄而来，必道襄阳以趣荆(荆州)。今吾择精骑十万，分屯於山阳、濠梁、襄阳三处，而于扬(扬州)或和(和州)置一大府以督之。虏攻山阳，则坚壁勿战，而虚盱眙、高邮以饵之，使濠、梁分其半，与督府之兵横击之，或绝饷道，或要归途。虏并力於山阳，则襄阳之师出唐、邓以扰之。虏攻濠梁，则坚壁勿战，而虚庐、寿以饵之，使山阳分其半，与督府之兵亦横击之。虏并力於濠、梁，而襄阳之师亦然。虏攻襄阳，则坚壁勿战，而虚郢、复以饵之，虏无所获，亦将聚淮北之兵以并力於此，我则以濠、梁之兵制其归，而山阳之兵自沐阳以扰沂、海。此政所谓：不恃敌之不敢攻，而恃吾能攻彼之所必救也。

在辛弃疾看来，要守长江，必须要先坚守淮河，守不住淮河，长江一样危在旦夕。宋廷主和派正是要放弃淮河一线，而以长江天堑为阻挡金人的要塞。可见，辛弃疾进谏的针对性很强。进而，辛弃疾提出更详细的防守策略，防守淮河应该将优势兵力集中在山阳、濠州、襄阳三处，三处防守之地鼎足而三，成掎角之势，彼此呼应，进可以攻取中原，退可以确保江南。这样就能做到"不恃敌之不敢攻，而恃吾能攻彼之所必救也"。

防守淮河，一定有粮食问题，仅仅从后方往前方转运粮食，耗费人力、物力，又会加重后方百姓的负担。而若用普通的军屯，这种方法在历朝历代都曾使用，效果不佳。在《屯田》中，辛弃疾以自己的身份——南归之民出发，提出应该让从北方重归南方的民众，在江淮之间屯田生息。他认为这样做有几重好处，一方面可以安定南归军民之心，使得南归之民"忘其流徙，便于生养"，也能为国家"节冗事之费"，并藏兵于农，一旦战争发生，这些人聚而能战，是一股不小的力量。

在南归的军民中，除了普通的民众，还有一些"智勇辩力之士"，对待其中的"杰然自异者"更要小心从事，"盖人之有智勇辩力者，士皆天民之秀杰者，类不肯自已，苟大而不得见用于世，小而又饥寒于其身，则其求逞之志，果於毁名败节，凡可以纾忿充欲者，无所不至矣"。辛弃疾认为，倘若不能把他们当作自家人一样对待，发挥他们的聪明才智，而让他们萌生怨愤的情绪，会破坏稳定，扰乱恢复故土的大计。

《美芹十论》还针对如何使用将领与如何使用丞相，遂有《致勇》和《久任》两篇。行军队伍中，没有勇于牺牲、奋勇向前的人，战争很难胜利，所以辛弃疾在《致勇》中谈道：

> 行阵无死命之士，则将虽勇而战不能必胜；边陲无死事之将，则相虽贤而功不能必成。将骄卒惰，无事则已，有事则其弊望贼先遁，临敌遂奔，几何而不败国家事。人君责成于宰相，宰相身任乎天下，可不有以深探其情而逆为之处乎！盖人莫不重死，惟有以致其勇，则惰者奋，骄者耸，而死有所不敢避。呜呼！此正鼓舞天下之至术也。致之如何？曰："将帅之情与士卒之情异，而所以致之之术亦不可得而同。"何则？致将帅之勇，在于均任而投其所忌，贵爵而激其所慕；致士卒之勇，在于寡使而纾其不平，速赏而恤其已亡。

对于如何激发将士的勇猛气概，辛弃疾提出很多具体方法，又对如何激发将领和如何激发士卒做出分类分析，思虑之细致，令人叹服。

对于丞相，《久任》篇中提到，要对其"推其诚，疏谗慝，以天下之事尽付之宰相，使得优游无疑，以悉力于图维"，强调要信任丞相，君臣之间有充分的信任，则很多事情都会迎刃而解。

最后一篇《详战》，辛弃疾详细讲了他所思考的对金国用兵的策略。他提出要避实就虚，出奇制胜，以一部佯攻，另一部径趋山东，直逼燕京，使金兵腹背受敌，首尾不能顾。

辛弃疾《美芹十论》中的观点，宋孝宗应该比较赞同，乾道三年(1167)春，宋孝宗任命虞允文为副相兼同知枢密院事，命淮西、湖北、荆襄开始设置屯田，并开始招收流散在两淮的南归忠义之士。这些策略，与辛弃疾所建议的内容吻和，从采取这些策略的时间上看，应该不是巧合。

乾道六年(1170)，辛弃疾在临安受到宋孝宗的召见，他又当面向皇帝提到自己恢复故土的方略。这次召见，对辛弃疾是一次极大的鼓舞。此后不久，辛弃疾又写出了一篇内容更详细、具体的议论恢复中原的文章《九议》，对宋金力量对比和出兵山东等策略进行论述，作为一个南归宋朝、日日思量如何恢复家国之人，他的苦心着实让人感喟。

辛弃疾的《美芹十论》集中体现了他对兵家思想的深刻理解，少年时候苦读兵书的优势现在已经显露出来。对战争问题的深入思考和强烈的爱国情绪，使得他超过同时代的儒士、文人。淳熙十一年(1184)，辛弃疾为韩元吉尚书祝寿，写有一首《水龙吟》，将英雄情怀表现得淋漓尽致：

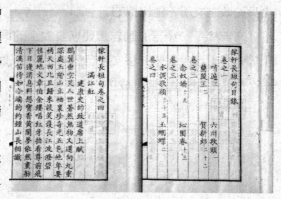

稼轩长短句

渡江天马南来，几人真是经纶手？长安父老，新亭风景，可怜依旧！夷甫诸人，神州沉陆，几曾回首？算平戎万里，功名本是，真儒事，公知否？

况有文章山斗，对桐阴满庭清昼。当年堕地，而今试看，风云奔走。绿野风烟，平泉草木，东山歌酒。待他年整顿，乾坤事了，为先生寿。

而另一首《永遇乐》，乃登临京口北固亭怀古，眺望北方故国，壮怀激烈，被投闲置散的悲愤、郁勃之气迸射而出，而年龄渐老、英雄无用武之地的悲哀涌上心头：

千古江山，英雄无觅，孙仲谋处。舞榭歌台，风流总被，雨打风吹去。斜阳草树，寻常巷陌，人道寄奴曾住。想当年，金戈铁马，气吞万里如虎。

元嘉草草，封狼居胥，赢得仓皇北顾。四十三年，望中犹记，烽火扬州路。可堪回首，佛狸祠下，一片神鸦社鼓。凭谁问，廉颇老矣，尚能饭否？

辛弃疾在文坛以词成名，所写的文章只留下了《美芹十论》和《九议》这样的论兵言事的奏议之文。刘克庄在《辛稼轩集序》中认为，辛弃疾论政论兵之文，继承了北宋苏洵的论辩文传统。但与苏洵相比，辛弃疾有亲身的战争实践，又对故国沦陷有切身感受，他在《美芹十论》中所涉及的问题，从深度到广度都是前代论兵论政之文所不能比拟的。

辛弃疾是一个苦心励志想要恢复故土的词人，是曾经的义军领袖，也是一个等候了大半生终于无法实现自己志向的主战派，在南宋羸弱的大背景下，在一个悲剧的时代里，最终成了一个悲剧的人物。

循序渐进,熟读精思
——朱熹《朱子语类·读书法》

读书是一件快乐的事情。

宋代大儒朱熹,写有一首《四时读书歌》歌颂读书的快乐:"蹉跎莫遣韶华老,人生唯有读书好(春)。北窗高卧羲皇侣,只因素稔读书趣(夏)。床头赖有短檠在,对此读书功更倍(秋)。读书之乐何处寻,数点梅花天地心(冬)。""人生唯有读书好",这是读书人的心里话——传承文明,共享智慧,尤其是书籍向读书人展现一个霁月光风的世界时,书卷开合之际,读书的快乐实在是一种内心的妙悟,又妙处难与人说,只能由衷感叹:读书是这么好的事情!

朱熹是个大学者,一个大读书人,又是一个有大自信的儒者,他的自信来自于经年阅读和反思人生过程中积累的强大的内心力量,相信从先哲的语录和格物致知过程中获得的力量。《宋史》记载,宁宗庆元二年(1196),沈继祖在韩侂胄的支持下联合监察御史胡纮弹劾朱熹,论"不孝其亲""不敬于君""不忠于国""玩侮朝廷""哭吊汝愚""为害风教"等六大罪,第六条又有"诱引尼姑以为宠妾""家妇不夫而孕"之言;还主张斩朱熹之首,以绝朱学。朱熹听到消息后,沉默不语,独自在庭院中漫步,与身旁的家人说道:"我这头且暂戴在这里。"过一会儿又说:"自古圣人不曾被人杀死。"

朱熹像

宋文·宋文

面对生死,最能考验一个人的内心力量,惊惧、恐慌是正常反应,从容而自信则是强大的表现,这种内心的力量,是朱熹在漫长的读书、思想、自省中得来的。

纵观历史，读书人都是有些孤独的，但至少宋代的读书人是例外。宋代的读书人，有机会迈进书院的大门，在一起吟诵诗赋，一起辩难学术。宋代书院制度是宋代文化登峰造极的保障之一，读书人在书院中过着一种真正的精神生活，这种生活今天的人仍然很难企及。

朱熹正是宋代书院的推动者之一。南宋淳熙六年（1179年），朱熹在任知南康军时，一手推动重建了曾为唐代李渤兄弟隐居读书处的白鹿洞书院，创立学规，并在此讲学，使得白鹿洞书院与岳麓书院、睢阳书院、石鼓书院，并称为"天下四大书院"。在书院中，朱熹授徒讲学，主讲者明立宗旨，学生一边听讲，一边质疑问难。除此之外，书院中还有会讲制度，即邀请其他学派的学者前来讲学，让不同的学术观点可以相互碰撞，相互质疑。

重建白鹿洞书院之前，朱熹就曾去岳麓书院会讲。当时，岳麓书院的主讲人是大学者张栻，这次会讲就是著名的"朱、张会讲"。会讲的结果，对学生是莫大的激励，对两位大师级的学者，更是一种相互的促进，张栻的学问"既见朱熹，相与博约，又大进焉"。而朱熹在岳麓书院讲学时，因为名气大，来听讲者络绎不绝，听讲者所骑的马甚至把溪水都喝干了。

在不断地读书、思想、辩难过程中，朱熹的学问精进，不但形成自己完整的哲学体系，更积累了一整套读书、思考的方法。在著名的"鹅湖之会"中，朱熹与大学者陆九渊会讲切磋，两人就治学方法进行了辩论，朱熹认为"欲令人泛观博览而后归之约"，陆九渊则主张"先发明人之本心而后使之博览"。陆九渊写有一诗：

墟墓生哀宗庙钦，斯人千古最灵心。涓流积至沧溟水，拳石崇成太华岑。简易工夫终久大，支离事业竟浮沉。欲知自下升高处，真伪先须辨古今。

陆九渊主张应该积细流而成大海、垒拳石以成泰山、华山之峻伟，提倡"简易工夫"，以直接参悟文字而获得知识及能力。朱熹写有《鹅湖寺和陆子寿》：

德义风流夙所钦，别离三载更关心。偶扶藜杖出寒谷，又枉篮舆度远岑。旧学商量加邃密，新知培养转深沉。却愁说到无言处，不信人间有古今。

朱熹主张学问应该循序渐进,日积月累,旧学新知,皆由融会贯通而成。从不同的主张中我们看出,两人争论的观点之一,其实就是如何读书,朱、陆二人提出了不同的读书、治学的方法。虽然两人这次的争论不欢而散,却实实在在引出了应该如何读书、治学之方法的思考。

记载朱熹与弟子问答的《朱子语类》中,翔实地记录了朱熹对读书治学方法的思考。中国古代大学者,虽然个个都满腹经纶,但很少有人像朱熹这样认真地记录下自己对读书方法的思考。尤其对今天要读中国传统典籍的读书人来说,《朱子语类·读书法》不啻为一部指点迷津的读书指南。朱熹详细、形象地告诉身后的读书人,读中国的书,应该如此这般。

朱熹提出,要清楚为何而读书。他说:

> 大凡为学,最切要处在吾身心,其次是做事,此是的实紧切处。学者须是把圣人之言来穷究,见得身心要如此,做事要如此。天下自有一个道理在,若大路然。圣人之言,便是一个引路底。

在朱熹看来,真正的读书不是为了增加知识,也不是仅仅用来消遣光阴,而是要把读书落实到人生中去,要能通过读书改变自己的气质,读书要能够积累内心的力量。

宋文 宋文

> 贺孙问:"先生向令敬之看《孟子》。若读此书透,须自变得气质否?"曰:"只是道理明,自然会变。今且说读《孟子》,读了只依旧是这个人,便是不曾读,便是不曾得他里面意思;《孟子》自是《孟子》,自家身己自是自家身己。读书看道理,也须着些力气,打扑精神,看教分明透彻,方于身上有功。

朱熹理解的读书,已经不再简单是一种阅读的行为。阅读是一种外在的行为,这种行为应该也必然要引发我们内心的自省,通过阅读一点点让自己的内心发生变化,阅读就成为一种自我修炼的过程。钱穆先生谈到朱熹读书法的时候,认为这种方法就是一种"涵养"功夫。

朱熹还提出一种严格的读书态度,他用"葬身"来描述他的要求:

> 读书者当将此身葬在此书中,行住坐卧,念念在此,誓以必晓彻为期。看外面有甚事,我也不管,只怎一心在书上,方谓之善读书。
>
> 读书,须是要身心都入在这一段里面,更不问外面有何事,方见得一段道理出。

读书需要有一个严谨的态度,朱熹形象地把这种态度比喻为"踏翻了船,通身都在那水中",一个阅读者,需要平心、静心才能读得进去书。

读书自然还需要虚心,这是历来读书的不二法门,朱熹讲道:

> 读书别无法,只管看,便是法。正如呆人相似,捱来捱去,自己却未先要立意见,且虚心,只管看。看来看去,自然晓得。

在朱熹看来,读书不虚心,就无法真正领会圣贤话语,就会错认己意、私意为圣贤之意,防止用自己的意思迁就了圣贤的言论,只有心"虚"了,圣贤的话语才有存在的空间。在朱熹看来,阅读者在读书时,首先的身份是倾听者,"做好将圣人书读,见得他意思如当面说话相似"。读书的艺术就是倾听的艺术,倾听者要先沉浸在自己所要听的对象之中,一点点分辨,一点点含蕴,这与现在走马观花式的"浅阅读"就有了根本上的差别,阅读的效果也就全然不同了。

因为是这样一种积极、认真、从容不迫的读书态度,阅读的体会自然不会生硬,故而,在谈到读书方法时,朱熹总是讲得很有人情味儿。朱熹讲:

> 人言读书当从容玩味,此乃自怠之一说。若是读此书未晓道理,虽不可急迫,亦不放下,犹可也。若徜徉终日,谓之从容,却无做工夫处。譬之煎药,须是以大火煮滚,然后以慢火养之,却不妨。
>
> 人读书,如人饮酒相似。若是爱饮酒人,一盏了,又要一盏吃。若不爱吃,勉强一盏便休。

那么,既然读书,总需要有个前后顺序,即朱熹所谓的"读何书之次第",他认为:

今人只为不曾读书,祗是读得粗书。凡读书,先读《语》《孟》,然后观史,则如明鉴在此,而妍丑不可逃。若未读彻《语》《孟》《中庸》《大学》便去看史,胸中无一个权衡,多为所惑。又有一般人都不曾读书,便言我已悟得道理,如此便是恻隐之心,如此便是羞恶之心,如此便是是非之心,浑是一个私意……

这个读书的次序在普通读者那里,恐怕不是个大问题,但在朱熹这里,这个读书的次序更像一个入门指南,它关系到一个儒学学习者入门的路径,甚至还关系到儒家义理系统的诠释和阐发。有了这个次序,读者就需要下更细致的功夫,在《朱子语类·读书法》中,朱熹为我们讲解了很多细致的阅读心得,例如,他认为"读书,须看他文势语脉""凡读书,须看上下文意如何,不可泥着一字"。这些方法,是一个读书人读书读到细微处的体会,是人在与书籍面对时生发出的人生智慧,而朱熹在读书法中都毫无保留地一一指点出来。

读书的"专、精"也是《朱子语类·读书法》中认真讨论过的问题。读书专精,是古代读书人普遍下过的功夫,清代学者戴震可以背诵儒家经典十三经,近代学者黄侃可以背诵《史记》《汉书》《后汉书》和《三国志》,这些听起来不可思议的事情,先辈学者们都曾身体力行地实践过。

朱熹对于精读这样说:

> 大凡读书,须是熟读。熟读了,自精熟;精熟后,理自见得。如吃果子一般,劈头方咬开,未见滋味,便吃了。须是细嚼教烂,则滋味自出,方始识得这个是甜是苦是甘是辛,始为知味。

每个人活在世界上,都要找到和建立自己的家,而精读的书就是建立我们精神上的家和基地,有了家和基地,人才有底气,有了这点底气,我们才能迈开步子去扩展、去采摘。一个知识爆炸的时代,信息泛滥带给我们的不仅是便利,更多的是疲惫地选择和恐慌,如果在阅读中没有站稳脚跟,就只能随着信息洪流随波逐流,身如浮萍,终至一无所获。

《朱子语类》是一种语录体的表达方式,因受禅宗的影响,记录了活的口头语言,形象、生动、活泼,无拘无束、简洁明白地表情达意,形式为对话、独白,颇

受人们的重视。

在《朱子语类·读书法》中，朱熹是个严谨的学者，又是一个和善的老师。他描述读书方法时，妙语连连，妙喻纷呈；甚至可以由此推想站在岳麓书院、白鹿洞书院讲坛上的朱熹，该是如何地神采奕奕，他以哲学家的头脑思考儒家人生观能赋予个人和国家的积极意义，言论中充满智慧，又不乏机智和趣味，这都是过着一种阅读和思考的生活所领悟到的快乐，这些快乐，可以在读书法中品味出一二。

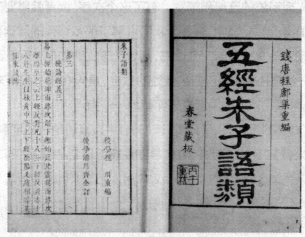

朱子语类

涵泳工夫兴味长

——陆九渊《白鹿洞书院讲义》

淳熙二年（1175），吕祖谦前往福建访问朱熹，两人在精舍中一同阅读周敦颐、程颐、程颢和张载的著作，感慨他们学问博大，遂联手摘编了《近思录》，准备把此书当作理学的入门之书，以此为基础推行理学。完成这项工作之后，吕祖谦返回浙东，朱熹一路相送，一直送到江西上饶的鹅湖寺，为了使当时颇有纷争的朱陆两家学术能"会归于一"，吕祖谦提议约请陆九渊和其兄长陆九龄前来相会。陆九渊接受吕祖谦的邀约，与朱熹相会于信州潜山鹅湖寺，论辩各自所秉持的治学方法和治学心得，朱熹认为"欲令人泛观博览而后归之约"，陆九渊主张应"先发明人之本心而后使之博览"。论辩中，朱熹批评陆九渊"教人为太简"，而陆九渊讥讽朱熹为学"虚浮""浮论虚说，悠谬无根之甚"。为了避免伤及和气，吕祖谦中断这次会谈，这次相会匆匆结束，陆九渊兄弟两人略微占得上风，赢得了学术界的重视和认可。

三年后，兄长陆九龄前去钟山面见朱熹，对鹅湖之会上两方的情感冲突和思想冲突做出解释，颇有致歉的意味，两人因此冰释前嫌，这又为随后著名的白鹿洞会讲埋下伏笔。

淳熙八年（1181），陆九渊在崇安县主簿任满之际，带领数名弟子前往江南东路南康军专程拜访朱熹，这让朱熹十分感动，两人也尽释前嫌，促膝交谈，相与研讨孔孟儒学之道。此时，由朱熹主持的白鹿洞书院重建已经完成，朱熹请陆九渊在书院会讲，陆九渊选《论语》中"君子喻于义，小人喻于利"开

陆九渊

讲,这次讲座获得巨大成功,说到痛快处,甚至有人涕泪交流,朱熹也深受感动,有些许激动,当时"天气微冷,而汗出挥扇"。这次演讲对到场的学者也启迪甚多。演讲结束后,朱熹把陆九渊的讲稿内容刻成石碑,并亲自为碑文写了一个跋,在跋中朱熹提到陆九渊这篇讲义"发明敷畅,则又恳到明白,而皆有以切中学者隐微深痼之病,盖听者莫不悚然动心焉。"这次朱、陆会讲,从之前的相互嘲讽变成互有启迪,使得朱、陆的学术功力更趋精深。《白鹿洞书院讲义》有一简短的文字,约同于序,记述讲义的由来:

> 某虽少服父兄师友之训,不敢自弃,而顽钝疏拙,学不加进,每怀愧惕,恐卒负其初心,方将求针砭镌磨于四方师友,冀获开发,以免罪戾。此来得从郡侯秘书至白鹿书堂,群贤毕集,瞻睹盛观,窃自庆幸。秘书先生、教授先生不察其愚,令登讲席,以吐所闻。顾惟庸虚,何敢当此。辞避再三,不得所请,取《论语》中一章,陈平生之所感,以应嘉命,亦幸有以教之。

陆九渊以十分诚挚的态度叙述此事,谦虚谨慎,好学上进,令人感动。这篇催人泪下的讲义,从"君子喻于义,小人喻于利"这个被很多人解读过、有些老生常谈味道的话题入手,却因为陆九渊心学思想的进一步阐释,有了新的解读。讲义开始讲道:

> 子曰:君子喻于义,小人喻于利。此章以义利判君子小人,辞旨晓白。然读之者,苟不切己观省,亦恐未能有益也。某平日读此,不无所感,窃谓学者于此,当辨其志。人之所喻由其所习,所习由其所志,志乎义,则所习者必在于义,所习在义,斯喻于义矣。志乎利,则所习者必在于利,所习在利,斯喻于利矣。故学者之志不可不辨也。

儒家思想的理想人格是君子,而何为君子,孔子自己也没有一个完整的界定,儒家典籍中虽然有很多关于君子的描述,但仅仅止于描述,没有进行深入的阐发。朱熹、陆九渊这些儒学大师,正是终其一生希图更深入地理解儒家圣贤们的本意,并做出阐发的。"君子喻于义,小人喻于利"出自《论语·里仁》,如果仅从字面意思上理解,似乎很容易就能读懂意思,但在《朱子语类·读书法》中,朱熹曾提过，读书要有切己的功夫。在这里，陆九渊也认为，这句话意思本身晓畅明白，但如果读者不能"切己观省"，则始终不能深入理解。也就是说，仅只读书，恐怕未必会给自己带来益处，要想思想、修养有所进益还是要从立志开始的。

接着，陆九渊拿科举制当例子，讲明这种立志的修养功夫如何实践：

> 科举取士久矣，名儒巨公皆由此出。今为士者，固不能免此，然场屋之得失，顾其技，与有司好恶如何耳？非所以为君子小人之辨也。而今世以此相尚，使汨没于此而不能自拔，则终日从事者，虽曰圣贤之书，而要其志之所乡，则有与圣贤背而驰者矣！推而上之，则又惟官资崇卑，禄廪厚薄是计，岂能悉心力于国事民隐，以无负于任使之者哉？从事其间，更历之多，讲习之熟，安得不有所喻？顾恐不在于义耳，诚能深思，是身不可使之为小人之归，其于利欲之习，怛焉为之痛心疾首，专志乎义而日勉焉，博学审问，谨思明辨而笃行之，由是而进于场屋，其文必皆道其平日之学，胸中之蕴，而不诡于圣人。由是而仕，必皆共其职，勤其事，心乎国，心乎民，而不为身计，其得不谓之君子乎？

朱熹、陆九渊这些人，都是经科举之路进入仕途，他们看到那些尝试举业的士子天天诵读圣贤书，把圣贤语录背得滚瓜烂熟，但他们的道德修养却未必会好，由此可知，德性的修养绝不是简单读书可以获得的。

这也是朱、陆二人曾经产生分歧的地方。在对待读书方面，朱陆二人的分歧其实不在于读书之心态，不在于读书的次序，更不在于是不是应该读书，而是在于读书作为通往圣贤思想的"楼梯"，是应该循序渐进通过慢慢接近"楼梯"，还是直接撤掉梯子，通过"发明本心"，一步就登堂入室。作为圣贤的高楼，永远在头顶上，朱熹和陆九渊对它是不持怀疑态度的，他们的差别在于，该不该用梯子，在未登楼之前，这些作为"楼梯"的语言该不该忘掉。

陆九渊认为"若期心正，其事善，虽不曾识字，亦自有读书之功。"在《白鹿洞讲义》中，陆九渊提倡的是，决定一个人道德修养高低的其实不是知识量的多少，而是个人的习惯行为。一个人觉得自己读的书越多就越有道德修养，这种认识其实是错误的。也就是说，判断"君子""小人"的标准根本上不在于他们读不读书这种行为，而在于他们内在的"志"。

陆九渊分析那些久战科场之人的内心。应试的士子们天天听人议论中举与

落榜的人生差异,听人分析哪种文章符合哪几位考官的口味,时间久了,就形成钻营揣摩考官好恶的习惯,为了能顺利登科,钻入名利的纷争之中,这时候再拿起书来读圣贤书辞,首先反应的是利益、是投其所好,而不是个人的内心修养。这种想法或者是一个士子一瞬间、一闪念的念头,但这一瞬间的念头还是需要一个人长时期修炼自己的内心形成的。

陆九渊的这个意思在明代王畿那里被发扬光大,王畿谈在个人内心的过程中,如何能做到"不失初心",即如何能保持自己符合善念的最本能的反应。例如,看到有人落水,本能的反应就是应该拯救,如果要考虑一下救起落水之人会不会有什么利害得失,那么所谓的"初心"就已经发生变化了。

我们私自猜测,那个在听了陆九渊演讲后落泪的人,不知道是不是在听到"不失初心"这个意思的时候泫然落泪的。一个人在成长中,经历了种种苦痛别离,被尘世濡染,不只是满脸灰尘,更重要的是我们的内心可能也已经落满了灰尘。原本的那颗心还在吗?原本欢乐时会笑、悲伤时会哭的那颗心还在吗?这恐怕是陆九渊在这简单的演讲中逼问我们的问题,只要内心还有些良知和不甘,恐怕在这种逼问下,每个人都会低下头认真反思自己,或者在自我追问的过程中抑制不住自己内心的伤悲。我们也由此可知,陆九渊短短的演讲是如何让人落泪,让朱熹在听讲时,亦竭力抑制自己的激动了。

一直以来,我们对宋代理学家带有一种莫名其妙的误解和成见,似乎理学就是要"灭人欲"而后快。在真正聆听一次理学大师们直指人心的演讲之后,就会叹服他们思想的力量、逻辑的力量和语言的力量。

千载之下,我们仍会感慨白鹿洞书院的学生们,他们是有福气的,他们有幸亲耳聆听了陆九渊对自己那颗似乎蒙尘的内心的追问,这次追问,不知道影响

白鹿洞书院

了多少聆听者的内心,这段简短而包含智慧的讲义,是陆九渊对自己思想的一次小结,也深刻地影响到朱熹对理学思想的深入认识,他们都在致力追寻修炼内心,有益于世道人心的智慧和真理。正是在这小段讲义中寄托着他们天下大同、人心向善的期望。

凛凛丹心照汗青

——文天祥《〈指南录〉后序》

文天祥的生命轨迹是从他德祐元年（1275）正月接到"哀痛诏"开始改变。元军大举进攻南宋朝廷，蒙古铁骑所到之处，南宋守军非降即逃，朝廷无奈下"哀痛诏"，并以爵位为赏赐，号召各地勤王之师勤王保驾。无奈元兵势盛，南宋气数已尽，各地将领各自心怀鬼胎，多持观望态度。

看到"哀痛诏"后，文天祥捐出家产，充当军饷，招募了一支一两万人的队伍前往临安勤王御侮。当时，一位朋友劝文天祥，认为元兵势大："君以乌合万余赴之，何异驱群羊而搏猛虎。"文天祥知道与元军实力差距悬殊，但他以为国家养育臣庶三百余年，"一旦有难，征天下兵，无一人一骑入关者，吾深恨于此。"从义军起兵之日，文天祥心中已经做好殉国的准备了。也是正因为此，《〈指南录〉后序》中，文天祥数十次提到"死"字却不见一丝一毫的怯懦，反而是豪气陡增。

德祐二年正月之前，文天祥仍有机会撇开即将覆亡的无能的朝廷，抽身事外。元军兵临临安，朝中无人，文天祥被任命为右丞相兼枢密使，出城谈判，被元军扣留。由此开始，几经风险。从元军营中逃出，文天祥四处走避，患难之中，仍不忘联络各地官军以图抗元。当时形势，兵连祸结，天下淆乱，乱世之中，死亡随时会降临，文天祥颠仆其间，种种经历发而为诗，辑为《指南录》，作为这样一部记录苦痛历程诗集的后序，文天祥在文中慨然述志，豪情、正气和苦痛交融。

临危受命，文天祥官拜右丞相兼枢密使，都督诸路军马，这不是加官晋爵，享受荣耀，而是以国家安然系于一身，承担了责任与苦难，《〈指南录〉后序》说：

> 时北兵已迫修门外，战、守、迁皆不及施。缙绅、大夫、士萃于左丞相府，莫知计所出。会使辙交驰，北邀当国者相见。众谓予一行可以纾祸。国事至此，予不得爱身，意北亦尚可以口舌动也。初奉使往来，无

宋文·宋文

留北者,予更欲一觇北,归而求救国之策。于是辞相印不拜,翌日,以资
政殿学士行。

兵临城下,国破在即,文天祥"不得爱身",慨然出使北营。在元军营中,文天
祥"抗辞慷慨",维护国家尊严,"北亦未敢遽轻吾国",外交上似乎有了一丝转
机。然而形势突然逆转,"吕师孟构恶于前,贾馀庆献谄于后",叛徒构陷,使谈判
变成被扣留。救国不成,文天祥毅然选择取义成仁,"直前诟虏帅失信"。乱世之
中,命如草芥,人人都畏惧死亡时,文天祥却要求死,"但欲求死,不复顾利害"。
轻生而重气节,是文天祥面临亡国时候的选择,而秉持这种选择的人,在宋亡国
之时,还有不少。清人万斯同《宋季忠义录》记载了500多抗元忠烈而亡的人物。
太学生钟克俊在元军占领临安后,赋诗云:"自许有身埋汉土,可怜无泪哭秦
庭。"而后投江而死。樊城守将牛富在城破之后,与元军巷战三日。身负重伤后,
害怕被俘受辱,用头撞柱以求速死,未成,又投火自尽。宋代的理学教育,提倡忠
义精神,亡国之时,讲求气节的士人很多。文天祥是这些追求气节之士的代表,
与那些追求速死的节烈之士不同,文天祥并不是遽然殉国成仁,而是在痛苦中
不断煎熬,虽苦痛难耐始终秉持忠贞义烈。

扣押元军营中,继而被押解北上,文天祥隐忍不死,一路上寻找逃走的机
会,"将以有为也"。文天祥《〈指南录〉自序》说:"二月八日,诸使登舟,忽北虏遣
馆伴逼予同往。予被逼胁,欲即引决,又念未死以前,无非报国之日,姑隐忍就
船。"寻机逃走和逃亡路上的种种苦痛,是文天祥在《〈指南录〉后序》中主要描述
的内容:

> 不得已,变姓名,诡踪迹,草行露宿,日与北骑相出没于长淮间。穷
> 饿无聊,追购又急,天高地迥,号呼靡及。已而得舟,避渚洲,出海道,然
> 后渡扬子江,入苏州洋,展转四明、天台,以至于永嘉。

被押解到镇江,文天祥终于找到逃脱的机会,从镇江一路逃至真州,这期
间,文天祥以《脱京口》为总标题,写下十五首"难"字诗,分别为《定计难》《谋人
难》《踏路难》《得船难》《绐北难》《定变难》《出门难》《出巷难》《出隘难》《候船难》
《上江难》《得风难》《望城难》《上岸难》《入城难》。从踏上逃亡之路开始,一路苦
难相随,似乎寸步难行,每一步都困难重重,死亡或再次被捕的可能随时存在,

与杀身成仁相比，欲有所作为，保全性命，承受的压力显然更大更折磨人。

逃到真州后，文天祥还在策划如何联合未降官军并肩抗元，孰料淮东制置李庭芝中了元人反间计，误以为他是元人的奸细，下令逐客。到真州第三天，守将约文天祥视察城防，骗出城后，指斥文天祥等人为奸细，把他们抛在城外。从虎口中脱出，文天祥又陷入无助的猜疑之中，一路苦难的逃避，又添加了自己人的误会和委屈，《出真州》诗有曰："秦庭痛哭血成川，翻讶中行背可鞭。南北共知忠义苦，平生只少两淮缘。"文天祥只能痛苦地"南望端门泪雨流"。随文天祥逃到真州的杜浒委屈气愤，仰天痛苦，竟几次要跳城壕自杀，被自己人冤屈的苦痛，远远超过受敌人死亡威胁的恐惧之苦。敌我分明之际，只要咬牙坚持，或许还能看到生的光明，而真州城下的文天祥猛然之间陷入了彻底的孤独无依之中，除了身边随从之人，全都是欲置他死地的敌人。

出真州城后，文天祥等人差点送命。真州守将名义上派出 50 名士兵护送他们去扬州，在路上，护送士兵试探他的口风，说可以送他们去元军控制的地方，或者索性置船送他们"归北"。文天祥则坚持要去扬州见李庭芝，这才获得军士的信任，试探对话中，文天祥若有一句话不对，他们一行人则立即命绝真州城下。在《〈指南录〉自序》中，文天祥感慨自己被人误解，致使国事沉沦："呜呼！予之得至淮也，使予与两淮合，北虏悬军深入，犯兵家大忌，可以计擒，江南一举而遂定也。天时不齐，人事好乖，一夫顿困不足道，而国事不竞，哀哉！"被权佞猜忌，致使南宋失去了联合各地军事力量抗元的机会，文天祥悲慨万千。

左右无依，又被自己人猜疑，文天祥真正陷入绝境，只能"变姓名，诡踪迹"，一路上既受到宋军骑兵的巡查盘剥，又要躲避元军铁骑。《〈指南录〉后序》中，文天祥困苦不堪，"穷饿无聊，追购又急，天高地迥，号呼靡及"。一个普通人，面对战火纷飞，又无所依靠，身陷绝境，很容易选择结束自己的性命。文天祥一干人又多为文弱书生，平日里埋首文牍之间，乍遇绝境，却又能忍辱求生，在"既不识路，又乏粮食，人生穷蹙，无以加此"的窘途中，文天祥思考他生命的意义，《指南录》中收录他一首长诗《高沙道中》，记录自己遭遇元兵几乎身死的经历，也吐露他的心声。他在诗中提到苏武与鲁仲连，为了中兴宋朝忍辱历险，矢志不移，要为朝廷尽忠；而他出兵勤王时，老母尚在，在他的想象中，母亲此时还"倚门望惓惓"，他要为母尽孝。艰难苟活下去，是为了尽忠尽孝，生命的意义也因此有了不同，也因为有这个精神支柱，文天祥可以"慷慨为烈士，从容为圣贤"，要担起救国救民的职责。在另一首《高沙道中》，文天祥明白宣示："求仁而得仁，宁怨沟壑

宋文·宋文

填。自古皆有死，死不愧前贤。"正是在这个信念的支撑下，他们四处辗转，最后抵达永嘉。

一路艰辛，矢志向南，正如后来文天祥诗中所写："臣心一片磁针石，不指南方誓不休。"文天祥自己很喜欢这两句诗，诗中有他坚定的志向，也饱含着九死一生的苦痛。正因为此，他将自己虎口脱险、颠沛流离中所写的诗辑录后定名为《指南录》。对这一路惊心动魄的遭遇，文天祥自然难忘，《〈指南录〉后序》中，他悉数自己遭逢的困厄：

> 呜呼！予之及于死者，不知其几矣！诋大酋当死；骂逆贼当死；与贵酋处二十日，争曲直，屡当死；去京口，挟匕首以备不测，几自刭死；经北舰十余里，为巡船所物色，几从鱼腹死；真州逐之城门外，几彷徨死；如扬州，过瓜洲扬子桥，竟使遇哨，无不死；扬州城下，进退不由，殆例送死；坐桂公塘土围中，骑数千过其门，几落贼手死；贾家庄几为巡徼所陵迫死；夜趋高邮，迷失道，几陷死；质明，避哨竹林中，逻者数十骑，几无所逃死；至高邮，制府檄下，几以捕系死；行城子河，出入乱尸中，舟与哨相后先，几邂逅死；至海陵，如高沙，常恐无辜死；道海安、如皋，凡三百里，北与寇往来其间，无日而非可死；至通州，几以不纳死；以小舟涉鲸波，出无可奈何，而死固付之度外矣！呜呼！死生，昼夜事也，死而死矣，而境界危恶，层见错出，非人世所堪。痛定思痛，痛何如哉！

这其中，有可能导致死亡的场合有 18 处之多。这些"死"字连缀，一气呵成，以"呜呼"感叹开始，层层紧跟，次级展开。一次死亡的厄运刚过，还来不及喘息，下一次死亡的危险又近，文天祥感叹道，死生实际上是眨眼间的事情，如若真的死去，生命复归沉寂，也许还没有这么多感叹，只是死亡威胁"层见错出"，对心志折磨层层累积，"痛定思痛，痛何如哉"，文章的气势和文天祥宣泄悲痛的心情，在这一句上汇聚起来，到达顶点。这段文字，词句紧密，急促有力，诸多"死"字胁迫人读来停顿不得，直到"痛何如哉"心情激荡，词气畅达。

文天祥说《指南录》所录诗歌，"将藏之于家，使来者读之，悲予志焉"——他的诗歌所昭示的仍然是心系社稷的胸怀，坦坦荡荡，令人感佩：

> 呜呼！予之生也幸，而幸生也何所为？所求乎为臣，主辱臣死，有余

戮;所求乎为子,以父母之遗体,行殆而死,有余责;将请罪于君,君不许;请罪于母,母不许;请罪于先人之墓,生无以救国难,死犹为厉鬼以击贼,义也。赖天之灵、宗庙之福,修我戈矛,从王于师,以为前驱,雪九庙之耻,复高祖之业。所谓誓不与贼俱生,所谓鞠躬尽力死而后已,亦义也。嗟夫!若予者将无往而不得死所矣。向也,使予委骨于草莽,予虽浩然无所愧怍,然微以自文于君亲,君亲其谓予何?诚不自意,返吾衣冠,重见日月,使旦夕得正丘首,复何憾哉!复何憾哉!

对故国眷恋的拳拳之心,忠君报国的侠肝义胆,拯济艰难的舍生取义,均表现得淋漓尽致。《〈指南录〉后录》作于景炎元年（1276），已是南宋末日,国破家亡,九死一生之际,编辑《指南录》而作此文,故尤其沉痛哀伤。文章详略布置上,文天祥颇有取舍,详叙出城和谈一节,以表明希图力挽

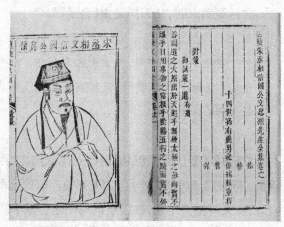

文山先生集

危局之志,最困苦艰险的逃亡走避之事却不详述,历数死亡危险之苦厄,情绪高涨,而最终态度又归为舍生求义的大节上来。则虽然过程艰险,气节不亏,凛然正气始终在文中回荡。

心指南方,是文天祥作为臣子的节操和本分,这种情志直到他殒身殉国也没有丝毫改变。再次被捕后,文天祥又把自己在狱中的诗文集命名为《指南后录》,面对家国破裂的惨状,文天祥孜孜以求的是维系国家命脉,坚守的则是作为一个臣子的节气。《指南录》有一首诗,将文天祥的壮志、气节表现得淋漓尽致:

　　万里飘零等一毫,满前风景恨滔滔。泪如杜宇喉中血,须似苏郎节上旄。今日形骸迟一死,向来事业竟徒劳。青山是我安魂处,清梦时时赋大刀。

景炎元年(1276),文天祥从南通搭海船到浙东,前往福州,渡过长江,作《扬子江》一诗:"几日随风北海游,回从扬子大江头。臣心一片磁针石,不指南方誓不休。"这种节操至死未休。祥兴元年(1278),元兵破潮州,俘虏了文天祥。第二年,押解文天祥到北方去,过大庾岭,文天祥作《南安军》:

> 梅花南北路,风雨湿征衣。出岭同谁出?归乡如此归!山河千古在,城郭一时非。饥死真吾志,梦中行采薇。

北行至南京时,文天祥又作《金陵驿》诗:

> 草合离宫转夕晖,孤云飘泊复何依。山河风景元无异,城郭人民半已非!满地芦花和我老,旧家燕子傍谁飞?从今别却江南日,化作啼鹃带血归。

文天祥的爱国之情深挚淳朴,对国家破亡、百姓所遭受的痛苦,有着深切的同情。祥兴二年(1279)十月,文天祥被押解到元都燕京(今北京),元世祖逼迫其投降,文天祥坚贞不屈,被囚于兵马司之监狱中。痛定思痛,文天祥写了许多爱国诗篇,《正气歌》是其中最有名的一首,诗前有小序,称《正气歌序》:

> 予囚北庭,坐一土室。室广八尺,深可四寻,单扉低小,白间短窄,污下而幽暗。当此夏日,诸气萃然:雨潦四集,浮动床几,时则为水气;涂泥半朝,蒸沤历澜,时则为土气;乍晴暴热,风道四塞,时则为日气;檐阴薪爨,助长炎虐,时则为火气;仓腐寄顿,陈陈逼人,时则为米气;骈肩杂遝,腥臊污垢,时则为人气;或圊溷,或毁尸,或腐鼠,恶气杂出,时则为秽气。迭是数气,当之者鲜不为厉,而予以羸弱,俯仰其间,于兹二年矣,无恙,是殆有养致然。然尔亦安知所养何哉?孟子曰:"吾善养吾浩然之气。"彼气有七,吾气有一,以一敌七,吾何患焉!况浩然者乃天地之正气也,作《正气歌》一首。

文字很是简洁写实,描摹囚牢之情形,颇为具体,"污下而幽暗",卑小,幽暗,肮脏,囚禁于土室之中,当盛夏之时,诸气相聚:水气、土气、日气、火气、米气、人气、秽气，污浊不堪。身处其中，无不受其侵害，文天祥说自己身处其中二年之久，以屡弱之身体而竟然无恙，是因为自己身心所养之浩然正气抵御了七种秽气的侵袭。孟子所说的浩然正气，是指人经过长期的修养，有了正大刚直的内在力量，就能抵御外来邪恶势力的侵袭，此乃天地之正气。文章完全是写实，指事造实，直抒胸臆，连用七个排比句，描摹囚牢中污秽之气，将那种极为恶劣的环境完全展现出来，而以至大至刚的浩然正气——坚定的爱国精神，抵御着七种恶气，充分显示了文天祥崇高的民族气节和坚毅顽强的斗争意志，同时也点明了《正气歌》一诗的主题思想，发自肺腑，感人至深。

据传文天祥最终就义时，天气激荡，大风扬沙，大白天天色昏暗，咫尺之间都难以看见彼此。而文天祥去世后，一连几日天色昏暗，皇宫中白昼需要秉烛而行。后来，元世祖忽必烈后悔诛杀文天祥，设坛祭奠，封他为太保、中书平章事、庐陵郡公，但行祭奠礼时，狂风突起，空中雷鸣隐隐，主持祭奠的元朝宰相孛罗行改称文天祥为宋朝少保、右丞相、信国公，才天开日出（《坚瓠集》）。这种传言恐怕不足信，但文天祥之忠贞节义，都在这种看似杜撰的文字中流传下来，至今读来，仍然让人唏嘘不已。

宋文·宋文

怅望千秋一洒泪

——谢翱《登西台恸哭记》、邓牧《吏道》

晚宋的任士林乃谢翱的朋友,在谢翱去世之后,作《谢翱传》,说谢翱有一特点,善哭:

> 善哭,如唐衢,过姑胥,望夫差之台,恸哭终日;过勾越,行禹穴间,北向哭;乘舟至鄞,过蛟门,登候涛山,感夫子浮桴之叹,则又哭。晚登子陵西台,以竹如意击石,歌招魂之词曰:"魂来兮何极,魂去兮关水黑。化为朱鸟兮,有喙焉食。"歌阕,竹石俱碎,失声哭。何其情之悲也!

任士林说,谢翱善哭,像白居易所赞扬过的诗人唐衢一样,当其过苏州(姑胥),望见夫差台,恸哭终日;经过越地,想见越王勾践卧薪尝胆终得报仇雪恨,遂向北而痛哭;乘舟到鄞县,登上候涛山,感叹于孔子"道不行,乘桴浮于海上"之说,则又哭。晚年,登上严子陵钓台的西台,用竹如意击打岩石,歌唱招魂诗,竹石俱碎,遂失声痛哭。谢翱之悲情,乃知己丧亡,山川破碎所导致的:"所知沦没,碧血游空,山川池榭,云岚草木,与所别处,及其时适相类,则裴回顾盼,悲不自已。"

谢翱,字皋羽,福建人,倜傥有大节,曾经布衣入文天祥幕府,参谋军事,抵抗蒙元的进攻,深得文天祥信任和倚重,遂声名广布。南宋覆亡之后,文天祥被杀,谢翱悲伤不能自

谢翱像

禁，形单影只，漂泊江湖，每至与文天祥共同经历之地，则失声痛哭，而所为诗文，则危苦悲切，充满了沉郁悲愤的思想感情。传诵的名篇有《登西台恸哭记》。

文章先叙述与文天祥的交游过程：

> 　　始，故人唐宰相鲁公开府南服，余以布衣从戎。明年，别公章水湄。后明年，公以事过张睢阳及颜杲卿所尝往来处，悲歌慷慨，卒不负其言而从之游。今其诗具在，可考也。

以唐宰相鲁郡公颜真卿来指称文天祥，乃文天祥公忠体国、慷慨赴义的气节与颜真卿相一致。颜真卿于安禄山反叛时，起兵抵抗，晚年又入叛将李希烈军中，宣示朝廷诏令，不屈被杀；另一方面，在蒙元残暴的民族压迫和文化专制统治之下，谢翱不可能明白地写出具体真实的人事、地点以及反抗蒙元的思想感情，只能隐晦其辞，以唐喻宋。哭悼文天祥，实乃吊祭三百年宋朝的大好河山之沦落。文天祥以德祐二年（1276），于南剑州开府都督军事，谢翱时年二十八岁，以布衣入幕府，参加军事。景炎二年（1277）正月，文天祥率兵走漳州，三月，攻取梅州。谢翱与文天祥分别，祥兴元年（1278）十二月，文天祥兵败被俘，被蒙元兵押解往燕京（今北京）。北行时，文天祥经过睢阳（今河南商丘）、常山（今河北正定）。唐代安史之乱爆发后，张巡、许远坚守睢阳，颜杲颜坚守常山，奋力抵抗，城陷皆被杀。他们忠贞国家的爱国热情、奋不顾身的抵抗精神，深切地激励着文天祥，文天祥悲歌慷慨，歌咏颜杲卿："常山义旗奋，范阳哽喉咽。胡雏一狼狈，六飞入西川。哥舒降且拜，公舌膏戈鋋。人世谁不死，公死千万年。"赞颂许远："起师哭元元，义气震天地。"而文天祥最终秉义不屈，被杀于燕市，追随前代先烈颜杲卿、张巡、许远于地下，谢翱说："卒不负其言而从之游。""今其诗具在，可考也。"沉痛无言，将文天祥爱国之情、悲苦之意突现出来。

文章因此而写哭祭文天祥之缘由：

> 　　余恨死无以藉手见公，而独记别时语，每一动念，即于梦中寻之。或山水池榭，云岚草木，与所别之处及其时适相类，则徘徊顾盼，悲不敢泣。又后三年，过姑苏；姑苏，公初开府旧治也，望夫差之台而始哭公焉。又后四年而哭之于越台。又后五年及今，而哭于子陵之台。

　　文天祥被逮之后,南宋朝廷唯一的柱石倾覆了。身为亡国破家之人,谢翱行吟山泽,触目感伤,"每一动念,即于梦中寻之。或山水池榭,云岚草木",皆令其伤感,而且在严密的政治高压之下,并不敢公然表示此种亡国之悲,"徘徊顾盼,悲不敢泣",其内心的压抑与伤痛,真是沉重得无以承担了。"又后三年",即元世祖至元十九年(1282),文天祥在燕京英勇就义,而谢翱知闻消息,过姑苏(今苏州);姑苏乃文天祥任浙西江东制置使、知平江府事的驻节之地,遂哭祭之;至元二十三年(1286),又哭之于越台(今浙江绍兴);至元二十九年(1291),遂登严子陵钓台而哭祭之。谢翱于此详细地记述年月,意在记述事件之本末,以示不忘知己、不忘故国之深情。以下,则详细记述哭祭之经过:

　　　　先是一日,与友人甲、乙若丙约,越宿而集。午,雨未止,买榜江涘。登岸,谒子陵祠;憩祠傍僧舍,毁垣枯甃,如入墟墓。还,与榜人治祭具。须臾,雨止。登西台,设主于荒亭隅;再拜,跪伏,祝毕,号而恸者三,复再拜,起。又念余弱冠时,往来必谒拜祠下。其始至也,侍先君焉。今余且老,江山人物,眺焉若失。复东望,泣拜不已。有云从南来,漶浥渟郁,气薄林木,若相助以悲者。乃以竹如意击石,作楚歌招之曰:"魂朝往兮何极?暮归来兮关水黑。化为朱鸟兮有咮焉食?"歌阕,竹石俱碎。于是相向感唶。复登东台,抚苍石,还憩于榜中。榜人始惊余哭,云:"适有逻舟之过也,盍移诸?"遂移榜中流,举酒相属,各为诗以寄所思。薄暮,雪作风凛,不可留。登岸宿乙家。夜复赋诗怀古。明日,益风雪,别甲于江,余与丙独归。行三十里,又越宿乃至。其后,甲以书及别诗来,言:"是日风帆怒驶,逾久而后济;既济,疑有神阴相,以著兹游之伟。"余曰:"呜呼!阮步兵死,空山无哭声且千年矣!若神之助,固不可知,然兹游亦良伟。其为文词因以达意,亦诚可悲已!"余尝欲仿太史公著《季汉月表》,如秦楚之际。今人不有知余心,后之人必有知余者。于此宜得书,故纪之,以附季汉事后。

宋文·宋文

　　宗社倾覆,国破家亡,谢翱等遗民遂于严子陵台哭祭文天祥而寄托其一腔忠愤。文章写哭祭的过程,尤其具体详细地记述祭拜之时:"登西台,设主于荒亭隅;再拜,跪伏;祝毕,号而恸者三,复再拜,起""复东望,泣拜不已""复登东台,抚苍石,还憩于榜中",极为郑重,将对文天祥以及故国的崇敬之情,表现得淋漓尽致,又带着无尽的感伤。用竹如意击石而唱楚歌招魂,以致"竹石俱碎",其情感之沉痛、激越,如在目前。文章擅长用环境、景物的描写,突出风雨如磐的巨大的政治高压:写僧舍"毁垣枯髡,如入墟墓";写雨雪,"午,雨未止","须臾,雨止","薄暮,雪作风凛,不可留","明日,益风雪";写风云之变幻,"有云从南来,滃渤浡郁,气薄林木,若相助以悲者";皆能以情感来描摹,景中含情,感人至深。而于二三知己相约祭祀者,写得亦颇为周到:"先是一日,与友人甲、乙若丙约,越宿而集","买榜(舟)江涘","与榜人治祭具";祭祀之后,躲避巡逻卒,"遂移榜中流,举酒相属,各为诗以寄所思";"夜复赋诗怀古";"其后甲以书及别诗来";将那种亡国之后的凄楚、为故国招魂的哀伤,和盘托出,浑厚深淳,感发人意,尤其写到"风帆怒驶",似有文天祥英灵感召,遂得以风平浪静而平安渡江,更具深意。谢翱所赋之诗,乃《西台哭所思》:"残年哭知己,白日下荒台。泪落吴江水,随潮到海回。故衣犹染碧,后土不怜才。未老山中客,唯应赋《八哀》。"与此文对照,可以感受到那种深涵的情感。文章于此,对哭祭的时间、地点、情节、场面、心理的具体描摹,呜咽吞吐,如鲠在喉,将谢翱一腔忠愤、沉痛之情,充分表达出来。

亡国之谢翱,行经山泽,夜闻风雨之声,皆能唤起心中的悲愤与伤痛,《鹿田听雨记》所展现的,正是那种无法言说的情感意绪:"夜闻风雨声,滃郁浥隘,峥琮澎湃,浙浙浮浮,泠泠寥寥,或散或哀,或赴或休,或激或射,或凌或沥,或沉或滥。"其声郁而不散,若有若无,万变而不穷,因此,当亡国深悲之人,听雨遂滋生无穷之感慨,所谓:"畸人孤子,抱膝拥衾,感极生悲,而继之以泣。故其听也独真。"其实,这种听雨的经历,同样遭受了亡国之痛的晚宋词人蒋捷也描摹了这一感受,《虞美人·听雨》曰:

少年听雨歌楼上,红烛昏罗帐。壮年听雨客舟中,江阔云低,断雁叫西风。　　而今听雨僧庐下,鬓已星星也。悲欢离合总无情,一任阶前,点滴到天明。

将人生分三大阶段:少年听雨,青春年少,天真烂漫,世事浑然不关心。壮年听雨于客舟之中,漂泊四方,孤独无依,如失群之孤雁,鸣叫于秋风中,虽有压力,却也能够担当,尚能放眼未来,勇于拼搏。老年听雨于僧庐之下,历经世事艰难悲苦,应该是看淡了一切,悲欢离合皆不关心,然而廊檐上一滴滴的雨水,滴落下来,却将老人的无尽心事全然勾起,实在是无法忘怀世事啊!显然,此词乃蒋捷经历国破家亡之后,对人生的深切体味。

同样经历了国破家亡的惨痛,有人追忆故国,也有人做深沉的思考,透过历史的迷雾,去认知国破家亡的缘由,甚至更深入地统观历代,探讨为国为君之根本。邓牧,字牧心,号大涤隐人,于宋亡后,不仕于元朝,而与具有反抗民族压迫思想的谢翱等人来往。邓牧有《君道》,探讨为君之道,认为帝王"竭天下之财以自奉","以四海之广,足一夫之用",为了镇压反抗,"甲兵弧矢"以"固位而养尊",乃最大的剥削者和压迫者。帝王们"夺人之所好,聚人之所争,慢藏诲盗,冶容诲淫",势必引起反抗,因而也就无法长治久安。因而指出,应该以尧舜勤奋为民、为天下做榜样,如果像秦始皇那样行暴政,无怪乎有人起而与之争天下——"欲为尧舜,莫若使天下无乐乎为君;欲为秦,莫若勿怪盗贼之争天下。"而且,邓牧还指出:"天下何常之有!败则盗贼,成则帝王。"显然,这种意见,乃针对南宋小朝廷之昏庸腐朽自取灭亡,同时也是对蒙元统治者所实行的残暴压迫的反抗。明末清初之黄宗羲作《原君》,应该是受了邓牧这篇文章的启发和影响。

邓牧尚有《吏道》一文,探讨任用官吏的道理。文章说:"与人主共理天下者,吏而已。内九卿、百执事,外刺史、县令,其次为佐,为史,为胥徒。若是者,贵贱不同,均吏也。"给吏下定义,和帝王共同治理天下者,皆为吏,而吏的范围包括朝廷官员、刺史县令及其属员。邓牧认为,上古之时,"君民间相安无事,固不得无吏,而为员不多",因此选官"择才且贤者",而才且贤者又不屑为吏,因此那些有才能且贤良者不得已,出仕为吏,"而天下阴受其赐"。后世则不然,"惧其乱,周防不得不至,禁制不得不详,然后小大之吏布于天下",担心天下混乱,因此,严厉防卫、禁制百姓,遂使大大小小的官吏遍布于天下,对百姓的征求越广,则对百姓的侵害越深,才且贤者越不肯出仕作吏,而天下越不可为。文章还深入分析了这一现象:

宋文·宋文

　　今一吏,大者至食邑数万,小者虽无禄养,则亦并缘为食以代其耕,数十农夫力有不能奉者。使不肖游手往往入于其间,率虎狼牧羊豕,而望其蕃息,岂可得也?天下非甚愚,岂有厌治思乱、忧安乐危者哉?宜若可以常治安矣,乃至有乱与危,何也?夫夺其食不得不怒,竭其力不得不怨。人之乱也,由夺其食;人之危也,由竭其力。而号为理民者,竭之而使危,夺之而使乱。二帝三王平天下之道,若是然乎?天之生斯民也,为业不同,皆所以食力也。今之为民不能自食,以日夜窃人货殖,搂而取之,不亦盗贼之心乎?盗贼害民,随起随仆,不至甚焉者,有避忌故也。吏无避忌,白昼肆行,使天下敢怨而不敢言,敢怒而不敢诛。岂上天不仁,崇淫长奸,使与虎豹蛇虺均为民害邪!

大大小小的官吏,皆须依靠百姓的奉养,而那些不肖之徒往往混入官吏,更是残民害物,犹如率虎狼而放牧猪羊,岂能希望猪羊繁衍?在邓牧看来,官吏名义上是"理民",实际上是害民,夺民之食,竭民之力,无异于虎豹蛇虺;而官逼民反,乃官吏夺民之食,竭民之力,使百姓走投无路,不得不起而反抗。现在的官吏不能自食其力,"以日夜窃人货殖,搂而取之,不亦盗贼之心乎?"盗贼害民,且有所避忌,并不敢白昼横行;而官吏则不然,无所避忌,白昼公然横行肆虐,"使天下敢怨而不敢言,敢怒而不敢诛"。显然,在邓牧看来,官吏乃残民害物之大祸害。这样的见解,对封建社会的批判,在当时有积极的意义。为改变这一状况,文章主张应该"得才且贤者用之",倘若仍然达不到治理的目标,则"废有司,去县令,听天下自为治乱安危,不犹愈乎?"其批判的锋芒直指官吏制度本身,主张取消官吏,实行百姓自治。此文针对南宋君臣湖山游宴,纲纪颓败,以至于亡国;蒙元统治者之政治高压、残民害物,有激而言,直指官吏制度本身,有其深刻性。

宋文 宋文